VISIBILIDADE

Outras obras do autor

POESIA
Ou Vice-Versa
Rio de Janeiro, Achiamé, 1986

Atrito
Brasília, Alarme Editora, 1992

Estante
Rio de Janeiro, Topbooks, 1997

CRÍTICA LITERÁRIA
A Escola da Sedução
Porto Alegre, Artes & Ofícios, 1991

ENSAIO
Curvas, Ladeiras – Bairro de Santa Teresa
Rio de Janeiro, Topbooks, 1998

TRADUÇÃO
Louise Labé: Amor e Loucura
São Paulo, Siciliano, 1995

Felipe Fortuna

VISIBILIDADE
Ensaios sobre imagens e interferências

EDITORA RECORD
RIO DE JANEIRO • SÃO PAULO
2000

CIP-Brasil. Catalogação-na-fonte
Sindicato Nacional dos Editores de Livros, RJ

F851v   Fortuna, Felipe, 1963
         Visibilidade : ensaios sobre imagens e interferências /
         Felipe Fortuna. – Rio de Janeiro : Record, 2000.

         ISBN 85-01-05672-3

         1. Ensaio brasileiro. I. Título.

                                             CDD 086.9
99-1707   CDU 081(690)

Copyright © 2000 by Felipe Fortuna

Projeto gráfico: Regina Ferraz

Imagens: p. 13, 25 e 28, fotos AP/AJB; p. 18, foto Dilmar Cavalher/AJB; p. 21, foto de divulgação; p. 38, foto Cristina Bocayuva/AJB; p. 41, foto João Cerqueira/AJB; p. 45, anúncio publicado na revista *Seleções*, dez. 1966, foto Fernando Rabelo; p. 65, foto Pictor Brasil; p. 81, foto Luiz Carlos Murauskas/F. Imagem, 2 set. 1988; p. 87 e 103, fotos Fernando Rabelo; p. 111, 113 e 114, desenhos publicados em *O caçador de borboletas*, Rio de Janeiro, Editora Globo, 1986; p. 119, 121, 125 e 126, desenhos publicados em *The world of Chas Addams*, Londres, Hamish Hamilton, 1992; desenho publicado em *Mundo Quino*, Buenos Aires, Ediciones del Tiempo, 1963; p. 133, desenho publicado em *Le Livre blanc de l'humour noir*, de Jean-Paul Lacroix e Michel Chrestien, Paris, Éditions de la Pensée Moderne, 1966; p. 139, *The Times*, 21 jan. 1995; p. 142, *The Guardian*, 23 jan. 1995.

Todos os direitos reservados. Proibida a reprodução,
armazenamento ou transmissão de partes deste livro, através
de quaisquer meios, sem prévia autorização por escrito.

Direitos exclusivos desta edição reservados pela
DISTRIBUIDORA RECORD DE SERVIÇOS DE IMPRENSA S.A.
Rua Argentina 171 – 20921-380 – Rio de Janeiro, RJ – Tel.: 585-2000

Impresso no Brasil

ISBN 85-01-05672-3

PEDIDOS PELO REEMBOLSO POSTAL
Caixa Postal 23.052
Rio de Janeiro, RJ – 20922-970

EDITORA AFILIADA

Sumário

Palavras, palavras, imagens 7

A mamata política 11
Algumas palavras para a mímica 17
Disparando o gatilho 23
Arte de vinheta 29
Nação falsificação televisão 33
Intervalos sobre a TV no Brasil 37
O dito e o não-dito na publicidade 43
Ser pivete 49
A filosofia da besteira 55
Quem é o autor da memória? 63
O defeito final 69
After bug 75
Aeroarte 79
Estar por dentro e estar por fora 85
Machado de Assis a mil 89
O dinheiro sem nenhum caráter 95
Entre a cornucópia e o leão: mitos econômicos 101
Entre lobo e cão 105
Borjalo: o caçador de sutilezas 111
Humor e morte em Chas Addams 117
Quino: o tempo e o cômico 129
Reiser: queda e silêncio da condenação 133
Notas de falecimento 137

Palavras, palavras, imagens

Alguém pára diante de um desenho ou de uma foto, pois interpretar é uma das maiores ambições humanas. Talvez exista alguma mensagem exibicionista no contorno daquele sorriso, talvez um *slogan* político se esconda naquela bela imagem de milhares de crianças reunidas numa praça. Interpretar pode ser um ato apontado para o futuro, como querem as cartomantes, as quiromantes, os astrólogos, os jogadores de búzios. Rabelais menciona no Livro Terceiro de *Pantagruel* algumas outras maneiras de interpretar, vinculadas à adivinhação, como a do exame da quantidade de buracos do queijo, das cinzas jogadas ao ar, das entranhas dos animais sacrificados. Outras interpretações estão ancoradas no passado de alguém, como quer a psicanálise, e vão buscar na idade de uma inocência que, afinal, não existiu, as explicações para a conduta atual. O palimpsesto, com suas confusas camadas de texto sobrepostas, a indicar correções, hesitações e emendas ao longo do tempo, é quase sempre o documento de várias épocas e de vários estilos, em que um texto não conseguiu esconder o outro, em que se lê o antigo sobre o novo. Atualmente estou convencido de que a Internet é um palimpsesto monumental, em que palavras e imagens podem remeter para outras palavras e imagens, segundo um processo que eliminou a transparência, mas manteve intacta uma ordem de leitura. O leitor-usuário é transferido para outros textos que só existem por um processo de remissão típico das notas de pé de página.

Os textos reunidos em *Visibilidade* estão marcados por uma compulsão interpretativa que se concentra na existência de *imagens* e *interferências*. Por *interferência* entendo, justamente, uma mensagem que surge em meio a outra mensagem para criar, desviar ou reforçar um discurso. Assim analiso, por exemplo, as vinhetas da televisão, os logotipos da emissora que surgem em meio à programação rotineira, que servem para assinalar um intervalo comercial, que são propriedade da empresa e trazem um selo de garantia. E igualmente as cédulas impressas pela Casa da Moeda em homenagem a grandes artistas brasileiros, rapidamente tiradas de circulação por conta dos efeitos devastadores da inflação. Nesse caso, a correção monetária foi uma interferência inesperada no ideal cívico e patriótico de comemorar as obras de Machado de Assis e de Mário de Andrade, sem que se desse valor a outra interferência: a relação daqueles escritores com o dinheiro.

Visibilidade corresponde também a uma atração pelo discurso da imagem. Por isso, é um livro de ensaios sobre assuntos não-literários, a maioria publicada em jornais poucas semanas depois de este ou aquele fato ter sido noticiado. Minha principal intenção foi identificar o *mito* que se ocultava na notícia, na foto ou na exposição de um acontecimento que se tornou importante porque a imprensa assim o quis. Tive a preocupação de *desatualizar* uma notícia ou um acontecimento, na tentativa de descobrir o que havia de permanente ali. Precisei muitas vezes conter a furiosa sucessão de significados que uma simples matéria jornalística poderia evocar, sobretudo porque eu estava produzindo uma outra matéria de jornal que deveria ser imediatamente compreendida pelo mesmo leitor. E assim dei início à decifração: ao analisar as relações entre erotismo e poder na campanha da atriz pornô Cicciolina para o Parlamento italiano, vali-me de um *método regressivo* de interpretação que encontrou nos úberes da Loba Capitolina e nos seios da nova deputada uma razoável explicação para a sua eleição. Erotismo, política e oralidade têm dado mostras de inesgotável vigor na vida política recente. O suicídio de um secretário da Fazenda americano, por sua vez, revelou a existência de uma forma autodestruidora no processo político que nós, brasileiros, já conhecíamos desde Getúlio Vargas com sua Carta-Testamento. Anos depois de haver comentado esses fatos, li a notícia sobre o suicídio do ex-primeiro-ministro francês Pierre Bérégovoy, que com seu gesto teria denunciado métodos abusivos da imprensa. Utilizando algumas vezes rudimentos de poética e de fenomenologia encontrados em análises de Bachelard e Merleau-Ponty, ou mesmo nas classificações de E. R. Curtius, foi possível elaborar interpretações sobre a mensagem da mímica e sobre o problema social dos pivetes, muito mais antigo do que se supõe. Alegro-me, agora, ao perceber como são atuais as interpretações escritas sobre fatos relativamente remotos.

Não nego que alguns dos ensaios aqui reunidos mantêm com o seu objeto uma relação de ordem sarcástica — como, aliás, Roland Barthes já havia detectado em *Mythologies* (1957), ao analisar justamente o papel do intérprete e do mitólogo. Talvez por isso quase todas interpretações tendem a enveredar pelo humor e pela comicidade, ainda quando são propostas comparações históricas. Essa tem sido, de qualquer modo, a atitude de muitos dos que se interessaram em análises da cultura de massa e das comunicações, como o Umberto Eco de *Diario minimo* (1963) e de *Sette anni di desiderio* (1983). Daí também uma parte substantiva de *Visibilidade* estar relacionada com o desenho de humor, com leituras sobre o tempo e o cômico, ou mesmo sobre o mecanismo do riso.

Desde que comecei a publicar os textos aqui reunidos e a escrever os inéditos que agora divulgo, me dei conta da monstruosidade da tarefa de interpretar, da natureza caótica e infinita que existe nas mensagens em nossa sociedade. Os signos e os mitos sopram onde querem — e não querem morrer. Muitas vezes são sólidos como um provérbio e expressam dimensões que são aparentes, mas que se tornam subitamente eternas.

Caracas, 21 de março de 1999.

A mamata política[1]

Cicciolina, atriz pornô, caracterizou o raro encontro entre o erotismo e a política. Candidatou-se pelo Partido Radical italiano a uma cadeira de deputado e foi eleita por um segmento majoritariamente masculino, paralisado na fase oral. Exibindo os seios, ela fez recordar a Loba Capitolina, o animal que amamentou Rômulo e Remo, o mito fundador de Roma.

Todos podem ver os seios dela, todos podem tocar nos seios dela: nunca se esteve tão perto do Poder. Os seios de Cicciolina encarnam não apenas a bonança ou as metáforas alimentares; regionalmente, simbolizam a Loba Capitolina, o animal que amamentou Rômulo e Remo, depois de vagarem pelas águas de um rio, dentro de um cesto. Mais tarde, os dois irmãos decidiram voltar ao local em que foram salvos e iniciaram a construção de uma cidade. Contudo, acossado por divergências fraternais, Rômulo matou seu irmão e, sozinho, fundou a cidade de Roma. Agora, Cicciolina ("Fofinha") alimenta outra lenda: aos 38 anos, eleita pelo Partido Radical, conseguiu anular o sentido vocabular de *mulher da vida*, convertendo-se em mulher da vida pública, ao lado de homens sisudos e também públicos, numa convivência que promete deslocar algumas regiões da política. Nascida na Hungria, a atriz de filmes pornográficos trouxe para a Itália algo além de seu intenso individualismo. Para Cicciolina, a política tem um só lugar: o corpo. Mas, ao contrário da política do corpo pregada por Fernando Gabeira — que previa, com o gradual desnudamento, uma sensibilidade menos masculina —, Ciccio-

---
[1] *Jornal do Brasil*, 02.08.1987.

lina ressuscita os *machões*: ela está pronta para eles. Não tem nada a dizer, mas tem tudo a mostrar.

Os seios de Cicciolina, por isso, transformaram-se em símbolos totalizantes: representam todas as possibilidades eróticas. Tocar neles tem um sentido revigorante, como se fosse possível, pelo simples toque, assimilar uma ideologia ou uma práxis. No entanto, ela escandaliza — porque também politiza a prática da sedução.

Na política, o sexo é um grave acidente: não existe vida íntima ou confissão. A *res publica* (a coisa pública) não deve permanecer confinada ao círculo pessoal, asséptico e isolado. Recentemente, a renúncia de Gary Hart de sua candidatura à presidência pelo Partido Democrata, por causa de um suposto ou evidente envolvimento com a modelo Donna Rice, obrigou-o a um *mea culpa* doloroso e a um castigo necessário para os que ultrapassam a tentadora fronteira. A mesma infiltração sexual ocorreu na casa do conservador Le Pen, na França, obrigado a engolir as fotos de sua mulher na edição local de *Playboy*, ao mesmo tempo em que eram publicados flagrantes de seu (dele) *derrière*. Mas Cicciolina nada escondeu — percebendo que a exposição da nudez ou dos jogos amorosos é mais generosa com as mulheres. Ao contrário, valendo-se de seios irretocáveis, estimulou a imaginação erótica e solitária com requintes que vão do sadomasoquismo ao voyeurismo engajado.

Ou seja: a mesma imaginação que existe em literatura, onde os seios são freqüentes. Porém, tal como acontece com a palavra seio "em estado de dicionário", verifica-se primeiramente o sentido de sinuosidade, de enseada ou de golfo. Camões empregou a palavra no sentido clássico de "concavidade", mas não resistiu às "tetas" quando avistou simples limões, nesta passagem d'*Os Lusíadas*:

> *Os formosos limões, ali cheirando,*
> *Estão virgíneas tetas imitando* (IX,56)

Cicciolina: um eleitorado na fase oral

Numa de suas odes, o mesmo poeta português relacionou-as à existência erótica:

Em cuja branca teta amor se cria (XI,38)

Seria possível, seguindo esse rastro, conceber uma volumosa antologia de seios, coletânea "De um turbilhão de braços e seios", como escreveu Olavo Bilac, um dos poetas mais edipianos de nossa poesia, e que declarava no poema "A Um Violinista":

E eu via rutilar o meu amor perdido,
Belo, de nova luz e de novo encanto cheio,
E um corpo, que supunha há muito consumido,
Agitar-se de novo e oferecer-me o seio.

Uma leitura perspicaz indicará que só mesmo o recato parnasiano não permitiu que, em lugar de seio, o poeta de *Alma inquieta* escrevesse "sexo". Além disso, essa poesia visual faz pensar... No precioso livro que é *O canibalismo amoroso* (1984), A. R. de Sant'Anna estuda o poeta amante como "o canibal que devora só com os olhos", quando "o *ver* passa a ser, paradoxalmente, uma espécie de cegueira doida, de vertigem da posse". E exemplifica com os versos de Martins Fontes:

Com os olhos te dispo, em vivo anseio,
com o olhar te desnudo, alucinado,
provando o fruto virgem de teu seio!

Por outro lado, os seios não sugerem apenas a carne da amante. Ao contrário, e como já foi indicado na referência à Loba Capitolina, os seios também simbolizam as vantagens maternas — o que suavizaria a imagem profundamente sexual de Cicciolina, conferindo-lhe uma atitude menos ativa, esboçada pelo colo materno e pelo afeto que se encerra. Numa passagem culminante das *Coéforas*, segunda peça de uma trilogia em que Ésquilo ilustra a vitória do patriarcado sobre o matriarcado, ocorre um confronto entre Clitemnestra, que assassinara seu marido, e Orestes, seu filho, que vai matá-la para honrar o pai. Antes, Orestes já havia sonhado com uma serpente terrível, que era, enfim, ele mesmo: "A serpente, saída do mesmo seio que eu, pôs os lábios nos mesmos peitos que me amamentaram, e ao doce leite ela misturou um coágulo de sangue, enquanto a mãe soltava gritos de dor." Seria essa a hesitação ante o seio materno?

Cicciolina representa, assim, um mundo matriarcal, ao mesmo tempo erótico e acolhedor, tépido e pacífico. Com a aparição de seus seios, a atriz pornô indica a obsessão de um eleitorado que se encontra na fase oral. Ela não teria jamais os rigores das guerreiras amazonas — que cortavam pelo menos um seio para ganhar agilidade nos combates. E Cicciolina não tem idéias: ela é pura exposição. No mundo político, sua atitude é tão obscena quanto a de um deputado que percorre o país num jatinho oficial ou que brinca de esconder diaman-

Loba Capitolina: o mito fundador

tes, a exibir, sem pudor, seu poderio econômico. A nudez de Cicciolina, no entanto, é de uma ingenuidade avassaladora: pois, assim como Rousseau delineou o "bom selvagem", promovendo um culto desmedido pelo campo, recusando o progresso desumano da cidade, Cicciolina recomenda a prática do sexo ("Abaixo a energia nuclear, viva a energia sexual" foi o *slogan* de sua campanha) como paliativo para o caos social. Numa sociedade tão católica quanto a italiana, que convive tradicionalmente com a máfia e o comunismo, Cicciolina representa algumas heresias: é a antivirgem, algo voraz, pérfida e falsa como a cor loura de seus cabelos.

Deve-se observar, ainda, que nenhuma feminista apóia Cicciolina — e não porque seu eleitorado seja primordialmente masculino, mas porque ela expõe a mulher a um novo martírio. É verdade que o feminismo precisaria encarar com a mesma reserva a eleição do jogador de futebol Gianni Rivera e do cantor Domenico Modugno (ambos democratas cristãos), cujo eleitorado é quase todo feminino. Pois o mecanismo é o mesmo: quem poderia eleger, por exemplo, alguém como Julio Iglesias senão as meninas românticas, as donas-de-casa nostálgicas e, enfim, as mulheres enlouquecidas pelo amor? Por sua vez, os eleitores de Cicciolina são *utópicos se-*

xuais — aqueles que ainda não encontraram o lugar do sexo e elegeram a sua encarnação mais evidente.

No lugar da opção política, ocorreu uma opção mítica e sexual; no lugar do debate de idéias, abriu-se espaço para uma cena muda e obscena: mas, afinal, uma política conduzida pelo desejo seria mesmo um sintoma de imaturidade? Se a resposta se restringisse ao campo das realizações, seria possível afirmar que Cicciolina, assim como tantos políticos, acena com uma *promessa*: no seu caso, a possibilidade de transformar as palavras em corpo, e esse enorme corpo numa orgia. Idéia irrealizável, tal como as obras faraônicas. Mas, em certo sentido, a metáfora mais bem acabada do jogo político.

Enganam-se, desse modo, os que pensam ser Cicciolina uma vergonha política ou, mais simplesmente, uma vergonha. A rigor, ela assumiu o seu papel: defende uma só causa — a exposição do corpo. Comparada ao caso brasileiro, não existe diferença entre sua atitude monolítica e a dos que defendem, por exemplo, e como único projeto, a pena de morte ou a permanência dos latifúndios. Cicciolina exibe um corpo encarcerado — e sua reivindicação, como as já citadas, se reduz a uma só, concentrada.

Por outro lado, se Cicciolina não se adequa ao decoro parlamentar — que todos tenham certeza: esse é um problema dos parlamentares. Pois, sendo sua verdadeira profissão a de atriz pornográfica, todo o esforço parlamentar consiste em fazer com que Cicciolina se sinta pouco à vontade naquele ambiente, tornando-a incompatível com as exigências políticas, e afastando o debate de uma indesejável coabitação com a promiscuidade. Contudo, personagem tão erótica, ela *desagrega* — todos reconhecem sua insuficiência e sua natureza passageira. Terminado o período de amamentação, o que restará? O Partido Radical já se preocupa com isso. A política elegeu Cicciolina; mas nenhum político quer ser seu amigo do peito.

Algumas palavras para a mímica[1]

A mímica é uma construção silenciosa do mundo. Ou melhor: a mímica é uma forma de comunicação que define o silêncio. A passagem do pantomimo Marcel Marceau pelo Brasil permite uma interpretação das relações entre aquela arte de representação e o mundo ao seu redor.

Movimentos da mímica

É fácil escrever sobre a mímica. Não porque lhe faltem palavras e a literatura se encarregue de preencher essa ausência. Mesmo porque não faltam palavras à mímica: faltam objetos. Ela é uma construção silenciosa do mundo — como se o corpo do pantomimo pertencesse a um trabalhador que estivesse dando um destino corporal às coisas. Mas o pantomimo não se aliena: muitas vezes revela formas incompatíveis com sua vida; muitas vezes se agride ao denunciar a existência dessas formas com os gestos que surgem de seu próprio corpo.

O universo da mímica é um *negativo*. Nele não existe, por exemplo, uma cadeira cuja forma (assim como os seres humanos à semelhança de Deus) foi feita à semelhança de seu corpo. O que existe é o contrário: o corpo desenha a sua necessidade, e o que se revela é o próprio corpo, um corpo reinante no mundo, que denuncia uma poderosa solidão: o corpo é o centro do mundo. Reduto da corporalidade, espécie de chama que se consome no gesto, a mímica ordena o mundo, forçando-o a seguir os ritmos elementares: os batimentos cardíacos, a velocidade das pernas, o movimento da cabeça e as expres-

---

[1] *Jornal do Brasil*, 06.09.1987.

Marcel Marceau: o corpo desenha a sua necessidade

sões de alegria e tristeza, entre outras que são, enfim, esforços musculares.

Assim sendo, por que a mímica, também filiada à dança, não é balé? Aqui, sim, seria necessário relembrar o conceito filosófico de *mimese* (de imitação, como estudado por Aristóteles) e concluir que o balé não procura representar o mundo: ele é bailado, pincelada de aquarela, atuação do corpo que procura suportar a sua energia, seu impulso e sua memória. A *morte do cisne*, então, transforma-se no mais mimético espetáculo de dança, porque corresponde a uma imitação, a um esforço de infiltrar duas naturezas, a exemplo dos nadadores que estudam o movimento dos peixes e dos botos à procura de uma técnica que lhes permita aproximar-se do nível olímpico. Pois a mímica possui *gramática*: ela faz uma leitura normativa da vida; corretiva também. Mas talvez fosse inexato afirmar que o balé possui maior liberdade, visto que ilude com a dança significante, enquanto que o mínimo gesto do pantomimo só se justifica no significado.

Muitos poderiam pensar que a matéria-prima da mímica é o silêncio. E talvez estivessem certos, embora torne-se até indecoroso contradizer a idéia: numa conversa, evita-se ao máximo a ausência de palavras, isso porque o silêncio dissolve a conversa — ou seja: porque o silêncio é muito comunicativo. A mímica, assim, é uma comunicação que *define* o silêncio, dando-lhe uma qualidade, integrando-se a ele. O pantomimo não se silencia por exaustão ou por perda de palavras: o seu silêncio é o de um mundo vazio que ele preenche com gestos. Qual é o melhor pantomimo? É o que povoa o seu deserto com a experiência de um corpo. Ou seja: se existe um mundo, ele é o seu corpo.

Por isso, a solidão radical. Ninguém precisa de dois pantomimos: isolado, em cena, concentrado, sem possuir objetos, um só já possui o poder solitário cuja transformação se restringe à sua própria pessoa e, mais ainda, ao seu próprio corpo. A criação do pantomimo não integra, não contamina: representar o *outro* é também uma atribuição sua. E ninguém precisa de dois em cena — em cena, o pantomimo não se comunica com ninguém. Tecnicamente, ele representa um dos estágios primordiais do humor: o de causa e efeito, o de ação e reação, o humor mecânico. Obviamente, a mímica existia antes do cinema; mas, como técnica, a mímica foi a primeira presença do cinema. Isso quer dizer que, sob um certo sentido, a mímica pertence à sua primeira geração, a uma espécie de mecanicismo (e Bergson, então, tem razão em apontar a quebra de movimento, que destrói a *raideur du mécanisme*, como elemento do riso) que, em virtude da relação com o cinema, encontra-se datada: pertence a uma forma que há muito sofreu evoluções. E já naquele instante o *movimento* vencia a *imitação*: basta recordar o jogo ilusório de um George Méliès.

O silêncio facial

O rosto empoado de Marcel Marceau é um território: ele vai preenchê-lo de acidentes. Ao contrário do rosto sem comoção de um Buster Keaton — que forçava o espectador a imaginar o que o ator se recusava a fazer —, as suas expressões surpreendem: tanto pela quantidade quanto por seu significado, logo traduzido do silêncio em que se encontrava. E que permanece vivo durante o tempo de uma centelha, como tudo o que é essencialmente corporal: sem texto, sem cena, ela desaparece após cada gesto — e, como a distância máxima do salto triplo, ninguém sabe quem poderá repeti-lo, nem quando.

Uma das mais exigentes mímicas de Marcel Marceau encarna as metamorfoses de um fabricante de máscaras. O engenho da representação não se limita apenas à troca quase infinita de máscaras-expressões, que passam velozmente por seu rosto. Estabelece um jogo divertido entre a alegria e a tristeza,

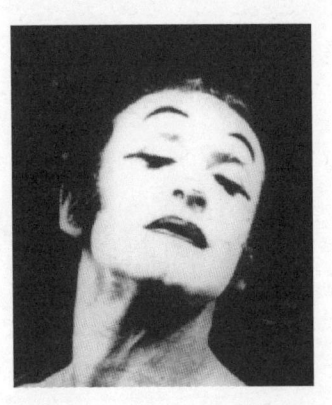

O silêncio, a máscara, o logotipo

como *personae* que se sucedem ou se combinam, até que a máscara do riso não consegue desprender-se do rosto — e começa o conflito. Metáfora ideal da contradição: o pantomimo passeia em atitude de desespero enquanto seu rosto se ilumina num imenso riso, o que talvez desloque a invenção medieval do corpo e da alma para as emoções mais complexas que podem atingir as pessoas nas situações triviais. Arte de situações (outra diferença em relação aos gestos de balé), a mímica ocupa um espaço de expectativa com modos de Penélope: faz e desfaz o mundo para não sacrificar o trabalho final, ou seja, o surgimento de uma arte que, como a imitação do plástico, pudesse imitar a mímica.

Disparando o gatilho[1]

O suicídio de uma autoridade norte-americana, diante das câmeras de televisão, em 1987, demonstrou a presença de uma "semântica da violência" na vida política. A terrível imagem daquela morte ao vivo tem semelhança com o suicídio, por questões políticas, de Getúlio Vargas, e ainda com sobre que imagens podem ser mostradas, e quais delas são essenciais à notícia.

Quase toda notícia, hoje em dia, é uma imagem violenta. Se vivemos de fato num mundo de imagens violentas, via satélite ou não, por que o recente suicídio do secretário da Fazenda da Pensilvânia, R. Budd Dwyer, é tão estarrecedor? Não creio que a resposta se limite ao raro flagrante, diante das câmeras, de um homem que se mata ao vivo. O que estarrece a todos é observar que, mesmo depois de ele ter-se defendido por quase meia hora, imolando-se ao final com um único tiro de Magnum .357 disparado dentro da boca, ainda pairava a dúvida: inocente ou culpado? O corpo morto do secretário, rodeado por uma poça de sangue, representava o papel de uma falecida marionete que momentos antes dizia ser humana. Seus assessores, talvez conscientes de que não podiam mais ajudá-lo, correram em direção aos fotógrafos e cinegrafistas, tentando impedir o registro e testemunho — com a mesma perícia de quem poderia acobertar um suborno ou sonegar informações. O mais fiel dos seus assessores, numa impressionante demonstração de autocontrole e lealdade ao chefe, pedia decoro às pessoas presentes na sala. É curioso observar que, nesse ritual de morte, os fatos ocorreram com certa serenidade burocrática: após a leitura de sua defesa, Dwyer retirou de um

---

[1] *Jornal do Brasil*, 01.02.1987, com o título de "O Espetáculo da Morte".

envelope pardo um poderoso revólver, o que talvez fosse o seu melhor argumento. A calma e a segurança do secretário foram inacreditáveis, mas apenas identificam as dúvidas: teria ele a mesma frieza no tratamento dos negócios ilegais em que estava envolvido?

Culturalmente, quando a vergonha se abate sobre alguém restam poucas saídas — e a renúncia é uma delas, talvez a mais popular. Gabinetes renunciam em alguns países para que investigações minuciosas possam ser feitas; Nixon renunciou; a renúncia é uma liberação tanto para o ator político quanto para sua audiência ou seu eleitorado. Há países, como o Brasil, em que as renúncias só acontecem em função da loucura, da megalomania ou do alcoolismo — mas, nesse caso, teria faltado aquilo que Capistrano de Abreu estipulou como artigo único da sua Constituição: vergonha na cara.

A renúncia de Dwyer foi radical, sobretudo porque meticulosamente premeditada, quase ensaiada. Ele marcara seu encontro com a imprensa para anunciar e celebrar a sua renúncia. Entretanto, à diferença dos que renunciam e passam a viver em silêncio e anonimato, ele renunciou à vida. Seu gesto, nesse sentido, difere do de vários suicidas. Não é, por exemplo, o gesto de um fanático político, que embebe a roupa do corpo com gasolina e ateia fogo, à maneira do monge budista Thic Quang Duc. Nesse caso, o que está em jogo é a causa política, um problema de todos, e o seu gesto é coletivo, como o do suicida dirigindo seu caminhão contra a entrada de um quartel ou de uma embaixada: gesto *kamikaze*, gesto *avant-garde*. A atitude do secretário da Fazenda é solitária: sua causa é a inocência, ou seja, ele mesmo. O estranho ritual a que milhões de pessoas assistiram não era o de um homem que pedia perdão, mas de quem odiou ter sido descoberto e julgado culpado. Os prováveis 55 anos de cadeia que o aguardavam no dia seguinte eram mais pesados do que o súbito segundo em que uma bala de revólver atravessou sua cabeça, símbolo ater-

Um ato de renúncia

rorizante: calar-se para sempre, talvez inocente, com a explosão de um tiro.

No Brasil, muitos comentaram que, se o mesmo hábito fosse seguido pelas autoridades econômicas — em especial as envolvidas nos numerosos escândalos financeiros —, o país pipocaria como em noite de São João. Pode até ser que, dada a situação precária da Justiça brasileira, nenhum deles tema as grades da prisão e prefiram colocar em suas bocas confeitos mais amenos. Porém seria interessante notar que a morte de Dwyer, secretário da Fazenda, chama a atenção não apenas para a fulminante equação entre dinheiro e morte, mas para uma certa *semântica da violência* muito própria às áreas econômicas atualmente. De que outro modo é possível interpretar expressões como "*gatilho* salarial", "*choque* heterodoxo" e até mesmo "*pacto* social", o que supõe estar o Brasil passando por uma convulsão?

Ao mesmo tempo, o gesto de Dwyer atrai a maioria dos brasileiros para uma inevitável comparação com o suicídio de Vargas. Contudo, a facilidade de estabelecer tal paralelo não deve evitar os cuidados com suas complexas minúcias. É certo que Vargas escreveu na Carta-Testamento: "Não me dão o direito de defesa"; Dwyer teve seu direito de defesa, e o usou matando-se. Ou seja: o seu espaço era tão exíguo que apenas a morte poderia conceder-lhe a verdadeira grandeza de sua inocência. O gesto de Vargas foi tomado na solidão de seu poder, sem qualquer testemunha. A "imagem" de sua morte eram as palavras que escrevera. Dwyer, como quase todos os suicidas, também deixou cartas — porém, com elas, simplesmente repetia a sua defesa oral. Se Vargas afirmou oferecer em holocausto a sua vida, tendo enumerado diversas razões (todas elas econômicas, note-se), Dwyer revestiu sua morte de patéticas acusações e um discurso humanitário. Segundo os jornais, acusou o juiz distrital Malcolm Muir de impor "sentenças medievais", ao mesmo tempo em que atacou a pena de morte, declarando: "Muita gente inocente deve ter sido injustamente executada." Condenado à morte ou condenado ao suicídio, Dwyer encontrava-se ao mesmo tempo nos pólos opostos de uma insuportável tensão: sobre seu destino se pronunciavam tanto o julgamento do outro como o seu próprio. Esforçado, o suposto culpado tentava se converter, com a força de um tiro, em bom mocinho. Mais tarde, num dos envelopes que entregara a seus assessores, foi encontrado um cartão de doador, com o qual autorizava o aproveitamento de seus órgãos para transplantes. Drummond, em verso célebre, escreveu: "Alguns, achando bárbaro o espetáculo, / prefeririam (os delicados) morrer." A delicadeza de Dwyer foi tão evidente que, de arma na mão, ele pedia a todos, no melhor estilo de uma piada inglesa: "Afastem-se, afastem-se, alguém pode se ferir."

Mais uma vez, a televisão não mostrou tudo, não mostrou sequer o corpo caído; no dia seguinte, numa seqüência de três fotos, os jornais estampavam o estampido: a primeira, a de um secretário da Fazenda bem penteado, parecendo chupar um cano de revólver. A foto do meio, a mais inusitada, registrava a transformação de seu rosto, o solavanco, o estremecimento, o impacto, a metamorfose: seus cabelos desordenados, um olhar de pânico e surpresa, e, enfim, na última foto, o corpo morto, encostado à parede. Tal como Albert Camus, no famoso *Le Mythe de Sisyphe* (1942), pode-se afirmar que o suicídio é o único problema filosófico verdadeiramente sério; mas, ao que parece, Camus analisava o suicídio como gesto repleto de irracionalidade. Numa fração de segundo, com a duração em que se descobre a falta de sentido da realidade (daí seu livro ser um ensaio sobre o absurdo), um homem se mata. Porém, a morte de Dwyer foi de tal maneira premeditada por ele mesmo que seu exemplo é quase imbatível. Afinal, Camus pensava que "suicida-se raramente (a hipótese entretanto não está excluída) por reflexão". Contaminado pelos fatos de seu tempo, ele só compreendia o suicídio por reflexão em protestos políticos, citando os ocorridos durante a Revolução Chinesa. Se o suicídio é, num primeiro momento, uma solução ao absurdo, é também um desconhecimento. Ao viver com liberdade, com revolta e paixão, Camus recusa o suicídio.

Mas quem pode negar que o suicídio de Dwyer não foi um ato de extrema liberdade? Na sua frágil dimensão individual, ele recusou estar presente à confirmação de sua sentença — um pequeno ato de desobediência civil que adensou os ataques dirigidos às autoridades. Ele queria — assim como Vargas saiu da vida para entrar na História — que seu gesto se transformasse na "história da década". Dwyer encarnava a explosão pessoal da nave Challenger ou de um banqueiro corrupto: os estouros e os "estouros" financeiros que ganham *status* de notícia. Um repórter de televisão, contudo, afirma que ele cometeu

Explosão da Challenger, no céu de 28 de janeiro de 1986

um erro de cálculo: as pessoas se interessaram muito mais pelas imagens e discutiram a validade de apresentá-las ou não em sua versão integral nos meios de comunicação: as imagens do suicida, por serem apenas imagens para os agentes da notícia instantânea, serviram para um debate sobre ética jornalística. Interessa, porém, discutir radicalmente o sentido de sua morte para além do bem e do mal, sem o horror das imagens. Pois, mais do que pelo sangue à sua volta, o corpo de Dwyer ainda está rodeado por um terrível julgamento.

Arte de vinheta[1]

O intervalo comercial representa, na televisão, a descontinuidade da programação, o momento em que uma mensagem é suspensa para que sejam exibidos os patrocinadores. A vinheta, acústica ou visual, é um recurso para atenuar a interferência na programação, com curiosos efeitos no comportamento do telespectador.

Uma velha idéia, bastante antipática ao hábito de assistir à televisão, faz suspeitar da fidelidade do telespectador: durante os comerciais, ele ficaria com os olhos grudados na tela; e iria à cozinha ou ao banheiro durante os programas, talvez cheio de tédio. A idéia muito nos ensina sobre a qualidade técnica e artística dos anúncios — que recebem grandes investimentos e precisam, em até trinta segundos, convencer alguém a comprar. Ao mesmo tempo, alude à possibilidade de se inserir, em meio aos programas habituais (penso, sobretudo, nos humorísticos, que se repetem *ad nauseam*) mensagens de extrema sofisticação que, muitas vezes, se tornam mais atraentes do que a monotonia e a previsibilidade dos capítulos de uma novela e dos documentários. Ao final de uma programação ou de um período passado frente à tela, não surpreenderia se o telespectador não se lembrasse das principais notícias internacionais, mas sim de um anúncio engraçadíssimo de um detergente ou de uma belíssima morena que, passeando pelo deserto ao som divinal de algum compositor clássico, o convencesse a chupar um picolé.

---

[1] *Folha de S. Paulo*, suplemento *Mais!*, 18.10.1992, com o título "A Arte do Interstício".

Os comerciais representam a *interferência* mais comum à programação. A outra interferência é a da vinheta. É preciso, porém, estabelecer as evidentes diferenças entre as duas formas de interferência: ao longo da programação, o comercial indica a *descontinuidade*, a interrupção de um filme. A vinheta, que pode estar presente no início do corte da programação e no fim de todos os comerciais, indica a *continuidade*. Evidencia uma identificação da estação ligada ao vincular um clássico dos anos 40 a uma emissora. A vinheta é particular e intransferível. O comercial, por sua vez, é cosmopolita: os produtos anunciados se destinam a um público que poderia estar tanto num canal quanto noutro. *A vinheta transforma a programação em propriedade*: pela simples inserção de um sinal sonoro, de um logotipo, de um compasso musical ou de uma frase, faz convergir para a estação transmissora a *autoria* da seleção de um filme, a existência de uma decisão e de um poder que regulamenta o tempo de cada programa.

Propriedade e autoria são, em síntese, o que uma vinheta comunica. Propriedade quando, em meio a um filme, surge o logotipo da emissora na parte inferior ou superior da tela, "sujando" um pouco a imagem, mas evitando a cópia clandestina e a eventual espertaza de um concorrente que desejasse *reprisar* o filme em sua emissora. E autoria no caso das produções locais, numa "assinatura" empresarial da produção. Mas não se pode esquecer, ainda, o aspecto ornamental que o seu uso confere a toda programação. As antigas revistas dedicadas às senhoras de sociedade, no início do século, e as molduras que ornavam em geral um soneto nas revistas literárias eram vinhetas que chamavam a atenção do leitor para o espaço nobre ocupado por um inefável poeta. Conseguia-se isolar a criação artística altaneira e imperiosa de qualquer outra discussão mundana por meio desses enfeites que circundavam a glória do escritor.

Mesmo na etapa televisiva a vinheta não perdeu essa característica: se em meio a um filme surge o logotipo da emis-

Plim plim

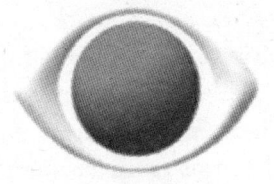

e outras interferências

sora, sua aparição é "sinônimo de qualidade". A elevação do padrão gráfico e sonoro das vinhetas atingiu atualmente tamanha sofisticação que penso já ser possível referir-se a uma *arte intersticial*, manifestação que ocorre nos espaços intermediários, "entre uma coisa e outra", cada vez mais apurada e significativa. No Brasil, Hans Donner é o profissional mais conhecido como *designer* de vinhetas televisivas: seus recursos são os da computação gráfica, que lhe permitem efeitos de tridimensionalidade e de perspectivas inovadoras e incomuns.

Alguns meses de trabalho são necessários para que se possa obter um resultado de, no máximo, cinco segundos. Tanta complexidade está produzindo um dos fenômenos mais interessantes da mídia eletrônica.

Paradoxalmente, a vinheta é uma *economia*, no mesmo sentido que uma sigla é uma economia: quantas pessoas sabem o que representa ONU sem saber que ONU é, por extenso, a Organização das Nações Unidas? A vinheta, da mesma forma, produz uma informação concentrada, uma totalidade reduzida, porém jamais redutora, dos valores intrínsecos da emissora que representa. Apesar de reduzida, e de ocupar um pequeno espaço diário, a vinheta não é marginal e muito menos descartável, produto de importância secundária. Pelo contrário, o aperfeiçoamento cada vez maior de sua função, que permite investimentos razoáveis, indica o seu valor num meio balizado sobretudo pela audiência. É capaz de produzir até mesmo o fenômeno da *audiência inercial*, em que o telespectador mantém o aparelho ligado na emissora por ter certeza, em razão da vinheta, de que aquela é a sua preferida. Nesse sentido, pode-se aproximar a vinheta, em muitos aspectos, de uma forma de comunicação não-verbal — especialmente quando a informação se limita a um *bip* eletrônico, a uma *chamada* em que os ruídos, associados à imagem e repetidos ao longo de um grande período, transformaram-se em mensagem. No caso em questão, a vinheta televisiva é uma *informação digital*, incluída na mesma categoria dos sinais de trânsito e das placas de advertência, entre outras.

Existe, por fim, uma complexa característica da vinheta, que se relaciona à sua recepção pelo telespectador: ela é o sinal de um condicionamento comportamental. Quando assiste à vinheta que lhe indica o corte abrupto do programa, aquele telespectador talvez se levante. Ao perceber que, mais uma vez, ela surge, volta à poltrona. Como um cão fiel, ele sabe exatamente quando o seu dono o chama para se divertir.

Nação falsificação televisão[1]

Existe uma estética da televisão vinculada, em geral, à reorganização fraudulenta do espaço e do tempo. Muitos estudiosos de comunicação dedicam-se à análise da informação perdida e da política do desaparecimento de imagens e sons. Atrelada à publicidade, a televisão cria mundos virtuais que não se abrem ao controle democrático da sociedade.

Se existe mesmo uma arte da televisão é porque existe uma arte da mentira. Nenhuma outra forma de arte, em que pesem as contínuas discussões sobre representação, metáfora ou mimese, se relaciona tão profundamente à falsidade da informação e à deturpação do real. Seria apenas curioso conviver com um meio de comunicação vinculado à reorganização fraudulenta do espaço e do tempo se este meio não representasse, em síntese, o poder. Alguns estudos, como o recente *The age of missing information* (1993), de Bill McKibben, examinam de que maneira os acontecimentos mundiais têm sido difundidos pelas centenas de canais americanos em um único dia. A conclusão é a de que imagens e textos poucas vezes conseguem ampliar a percepção que se pode ter, por exemplo, de um conflito: em vez de salientar o aspecto racista de um ato de violência qualquer, a televisão emite apenas a imagem da violência. Em síntese, a informação desaparece para dar lugar ao ambiente, ao território da imagem e do som.

Ao comentar as estratégias de guerra em seu livro *L'Horizon négatif* (1984), Paul Virilio analisa "a estética do desaparecimento", que consiste na dissimulação do corpo do com-

---

[1] *Folha de S. Paulo*, suplemento *Mais!*, 06.06.1993, com o título "Arte da TV e da Mentira".

batente, tornando-o camuflado ou invisível, com a qual é possível surpreender o inimigo. Tal estética logo se converte na "política do desaparecimento" em que o Estado, valendo-se seja das cassações, das perseguições ou mesmo do extermínio físico, elimina a noção de cidadania dos que a ele se opõem, por serem cidadãos. Se "o invisível é chamado a serviço do Estado"[2] na guerra, por que não o seria cotidianamente, como força de controle social?

No caso americano, os canais de televisão se contam às centenas. Porém, no que diz respeito à televisão no Brasil, vive-se a intensa e plena monocultura. A Rede Globo lidera em praticamente todos os horários — e cabe às demais redes de televisão lutarem pela vice-liderança, por meio de estratégias e anúncios que literalmente elegem a segunda posição como lugar de honra. Quarto canal mundial de televisão, num país com 29 milhões de aparelhos de televisão em 1992, a Rede Globo se dirige a noventa milhões de telespectadores. O apresentador Clodovil chama a Rede Globo de "a poderosa"; Hebe Camargo muitas vezes se refere à "outra"; e alguns entrevistados do programa do Jô Soares perguntam-lhe se podem dizer o nome da emissora em que fazem novelas, como se fosse realmente possível ficar famoso nas novelas de outras emissoras. O então candidato presidencial Fernando Collor de Mello recebeu a ajuda teledivina de um trabalho de propaganda e editoria que, sem exagero, contribuiu para a sua vitória. Lula, durante o processo do *impeachment* do ex-adversário, teve um encontro com Roberto Marinho no qual o empresário reconheceu a sua participação no episódio. Tão escandaloso quanto um sistema eleitoral corrupto é um sistema comunicativo antidemocrático. Fará parte de uma atitude política e cívica, tal como a dos ecologistas, debater o controle tão perverso da informação e da invisibilidade.

---

[2] "Esthétique de la Disparition", in *L'Horizon négatif* (Paris: Éditions Galilée, 1984), p. 101.

O fato é que, no reino da despolitização opinativa, a televisão cada vez mais se aproxima da dimensão da realidade virtual. As experiências com hiper-realidade, que permitem o acesso e a interferência do usuário de computador a um ambiente sintético, digital e tridimensional, poderão aliar-se em perfeita harmonia com a necessidade que tem a televisão de converter a realidade do mundo físico na realidade aparente. Benjamin Wooley, em *Virtual worlds* (1992), e Howard Rheingold, em *Virtual realities* (1992), discutem a nova possibilidade de criar e modificar realidades, provando-as, habitando-as e confrontando-as antes mesmo de que sejam constituídas. Um ainda tímido exemplo foi visto por milhões de telespectadores durante os bombardeios do Iraque por aviões americanos: as imagens tomadas de dentro dos aviões e até mesmo no trajeto dos mísseis conseguiram deslocar a informação dramática de uma guerra para um espetáculo *hightech* de proeza.

São esses os aspectos que deverão agravar-se com o passar dos anos e a transformação das comunicações audiovisuais. Para François Brune, em artigo publicado no *Le Monde diplomatique*, a submissão aos acontecimentos presentes (que fazem o telespectador vivenciar apenas as novidades do dia ou da semana), a perda da posse do real e a ideologia do espetáculo são os três "efeitos nefastos" que os sistemas televisivos impõem à sua assistência.[3] Pode-se imaginar, ainda, que sobre todos os efeitos mencionados paire a gradual uniformização informativa, que tende a transformar a notícia num elemento oriundo de um "Estado" totalitário e universal. Se assim for, será imprescindível reavaliar a função que os canais a cabo e algum outro gênero de emissão/recepção segmentada poderão exercer contra o que representa a maior força

---

[3] "Néfastes Effets de l'Idéologie Politico-Médiatique", *Le Monde diplomatique*, mai 1993, p. 4-5.

da cultura de massa, ou seja, a anulação da divergência ou da singularidade.

Nesse universo virtual, será bem mais marcante a presença da publicidade. Se a televisão propaga a mentira, é a publicidade que lhe dá sustentação econômica e artística. Paradoxalmente, embora as sociedades democráticas se aperfeiçoem e se fortaleçam, raramente a influência da publicidade é debatida com seriedade. Nem a imprensa falada e escrita, que dela depende, nem os partidos políticos dão relevo ao tema. E, contudo, como bem observou Gillo Dorfles, em *L'Intervallo perduto* (1980), a publicidade literalmente invadiu os interstícios da programação televisiva, preenchendo, com sua aparição, as pausas e os intervalos. A proclamada criatividade publicitária deve sempre estar voltada para os estímulos que podem ser transmitidos durante cerca de trinta segundos. Numa sociedade democratizada, controlar a televisão, a publicidade e os seus mundos virtuais deveria ser bem mais do que fundar um instituto de ética: deveria ser preocupar-se com uma sociedade que não deixará mais de conviver com os meios de comunicação, mas que precisará também enfrentá-los.

Intervalos sobre a TV no Brasil

Crianças, comida, religião: um simples recorte do menu oferecido pela televisão demonstra como os programas primam pela incompetência informativa. A carência de criatividade, na culinária, e a ausência de ética no que diz respeito à gastronomia e à liberdade de culto simbolizam o que está por trás do aparelho, quando ligado.

Os menores abandonados[1]

Ninguém conversa com criança. É só reparar nos programas infantis da televisão: a criança é um simples detalhe, um pano de fundo agitado e barulhento. A criança canta a última música que a Mara Maravilha concebeu e a moça nem pergunta se a regravação de "Jesus Cristo, Eu Estou Aqui" lhe parece tão boa quanto o "Atirei o Pau no Gato". Há algum tempo, Xuxa ensinava às crianças como era ser índio, e elas imitavam direitinho a imitação da apresentadora. Angélica, por sua vez, afirma que vai de táxi aos baixinhos que mal conseguem ir de velocípede. E ela, a criança, praticamente muda: quando é chamada ao microfone, só tem direito a dizer o seu nome, se gosta da mamãe e para quem quer mandar beijinhos. Depois disso, tchau tchau: uma daquelas paquitas louras ou morenas, que são a um só tempo dançarinas e leoas-de-chácara no palco, segura a criança pelo braço e a devolve para a multidão infantil de onde saiu.

---

[1] Publicado com o título de "Programas Infantis Transformam as Crianças em Pano de Fundo". *Folha de S. Paulo*, suplemento *Ilustrada*, sábado, 15 de maio de 1993.

A criança, mão-de-obra barata, está *sexy*

No horário infantil, a criança é tudo aquilo o que acontece entre dois desenhos animados. Trata-se da mão-de-obra mais barata do mundo: Mara Maravilha já ensinou os menores de idade a pedirem "Arisco". As crianças fazem propaganda e ainda se prestam a jogos mais ou menos humilhantes, para saber quem é mais inteligente ou mais ágil, nos quais lhes é apresentada a terrível e eterna rivalidade entre o homem e a mulher. Mas as crianças não podem falar. Desesperadas, resignam-se a berrar o nome do ídolo com quem nunca conversam.

Talvez nenhuma apresentadora saiba de fato o que são crianças. Não querem mesmo saber delas, pois muitas apresentadoras estão mais preocupadas com o fim da própria adolescência. Até hoje acusa-se Xuxa de ter beliscado baixinhos. Angélica às vezes comenta para uma criancinha mal entrada na infância que ela está muito *sexy* com aquela bermudinha e logo arranjará um namorado. Mara, quando não mergulha de todo no linguajar baiano, anuncia alguém "gostoso", "atraente" ou "charmoso". Enquanto isso, a música toca, as crianças dançam, pulam, se acabam. Mas não falam. Todas essas moças, para não mencionar o inefável Sérgio Mallandro, fazem programas para menores abandonados e calados.

Ofélia, a Dona Benta de verdade[2]

A receita dos programas de culinária na televisão leva muitas pitadas de monotonia. Por exemplo, para preparar a *Cozinha maravilhosa da Ofélia* (Bandeirantes), são necessários os seguintes ingredientes: 1) Falta de comunicação com o público,

---

[2] Publicado com o título "Ofélia Encarna uma Dona Benta com Problemas de Comunicação". *Folha de S. Paulo*, suplemento *Ilustrada*, sábado, 29 de maio de 1993.

que apenas vê a Sra. Ofélia despejar numa panela diversos produtos, sem que sejam comentadas as suas propriedades e qualidades; e 2) Pouca definição entre o tempo real de cozinhar um alimento e os cortes feitos pela editoria do programa.

A cozinheira prepara os seus pratos sem qualquer emoção, como se estivesse num estado de sonambulismo. Pior: como se não tivesse fome. Jamais comenta, por exemplo, qual acompanhamento é o mais indicado para a iguaria, seja uma bebida, seja uma sobremesa. Até mesmo as roupas com que se apresenta são inadequadas: não usa sequer um lenço na cabeça, e a bem dizer parece que está pronta para sair correndo da cozinha e dançar em algum clube. Seria curioso conhecer a opinião do atual ministro da Cultura, Antonio Houaiss, *gourmet* de boa cepa, que conseguiu extrair mais do que malte e cevada das cervejas que bebeu e comentou.

Que ninguém se engane, contudo: Ofélia é uma Dona Benta à qual não falta sequer uma Tia Nastácia, que no programa atende pelo nome de Aparecida. Mas Aparecida nunca fala, resignando-se a uma atitude humilde e silenciosa, apesar de vestir vistosos *blazers* para cozinhar.

Como se não bastasse, *Cozinha maravilhosa da Ofélia* ainda conta com a participação algo transcendental da Neiva: uma voz que irradia e repete a receita até então apresentada, enquanto a câmera se posiciona no teto da cozinha. É a oportunidade de ver Ofélia e Aparecida perdidas entre os ingredientes. Terminada a narração, Neiva proclama: "Anotados todos os ingredientes, vamos conferir a nossa despensa." É a hora dos anunciantes do programa, que tentam vender temperos e panelas.

Como o programa começa às 10:30, é possível que, por volta da hora do almoço, o telespectador que tenha ficado em casa diante de cozinheira tão insossa e lenta, pense nas vantagens inigualáveis do *fast food*.

Edir Macedo: contra a umbanda, a favor de Deus

O consumo universal de Deus[3]

Só um ingênuo pode falar em liberdade de culto religioso no Brasil depois de assistir a programas como *Escola bíblica no ar, Anunciamos Jesus, Compromisso com a verdade, Santo culto em seu lar, A hora da graça, Posso crer no amanhã*. Os pastores não limitam as mensagens à explicação de sua doutrina: agem como atores do mais sórdido programa político, e tentam demonstrar as vantagens de sua fé e as desvantagens da fé alheia.

Em *O despertar da fé* (Record), por exemplo, o sectarismo atinge o seu limite: existe uma explícita campanha contra os adeptos do umbandismo e do espiritismo, na qual os pastores da Igreja Universal do Reino de Deus propõem a cura definitiva, como se aquelas religiões fossem doenças.

Para tanto, os pastores aparecem vestidos de terno completo, a fingir uma atitude civilizada sobre um fundo musical

---

[3] Publicado com título de "Sem Ética, Programas de Religião Vendem a Salvação Como Produto". *Folha de S. Paulo*, suplemento *Ilustrada*, sábado, 5 de junho de 1993.

e bucólico, e fazem preleções tão preconceituosas quanto desconcertantes. Afirmam que "a maldição passa de pai para filho", que o lesbianismo pode ser extirpado por meio da fé, que, finalmente, a cura de todos os males se encontra numa conversa franca e amigável com alguns daqueles rapazes do Senhor. Os endereços das igrejas são fornecidos em legendas no lado de baixo da tela. Anunciam também o livro *Orixás, caboclos e guias*, um ataque violento contra a umbanda que envergonharia a Bahia.

Se existisse de fato um código de ética na televisão, e não os espasmos de hipocrisia dos que se surpreendem com o comportamento libidinoso nas novelas, os programas religiosos seriam candidatos a severíssimas restrições.

A programação televisiva, contudo, muitas vezes é balizada por esse acinte religioso: na Bandeirantes, a programação começa às vezes às cinco e meia da manhã, com *Igreja da Graça*, e termina às duas da madrugada, com *Vamos falar com Deus*. Que importa se entre uma coisa e outra apareça a carne em pecado do *Clube do Bolinha*? A religião da mídia não serve mesmo para purificar, e não existem, propriamente, programas de religião, mas sim propagandas de um produto apresentado com a embalagem sedutora da salvação que se paga com as eternas prestações do dízimo.

O dito e o não-dito na publicidade

Os produtos evoluem — mas as técnicas de persuasão da publicidade se repetem à exaustão, ainda quando pretendem anunciar a novidade. Eis aí uma das maldições do consumo: refazer, com limitada criatividade, comparações entre produtos, como se o consumidor estivesse no melhor momento do futuro.

Há alguns anos, a rede de supermercados Casas da Banha decidiu anunciar na imprensa, no rádio e na TV o lançamento da campanha do *minimum price system*. Nos meios publicitários, sabia-se que a intenção era a de atenuar o nome tradicional da rede, que tinha um sentido um tanto grotesco, por meio de uma expressão que pudesse significar alguma característica moderna dos seus métodos de venda. No entanto, que sentido tem uma expressão inglesa para a maioria das donas-de-casa ou, mais corretamente, para os consumidores? Dentro de um supermercado, muitas vezes o que menos interessa é a tradução das palavras; o que importa, de fato, é a comparação dos preços de diversos produtos ou do mesmo produto em diferentes embalagens e quantidades. Os publicitários, contudo, buscavam ainda assim uma forma de *adesão* com o seu público; na verdade, buscavam informar *implicitamente* que a serenidade da campanha de preços mínimos anunciada pela rede de supermercados estava garantida pelo consagrado valor comercial da língua inglesa. Harmonizava-se, assim, o preço baixo com uma expressão que, intraduzível para muitos, legitimava a iniciativa.

Diversos estudiosos das estratégias de linguagem, como Edward Lopes em *Metáfora* (1987), explicam que o discurso publicitário atua como "operador de uma manipulação" e como "operador de uma identificação". Por meio de um "processo de espelhamento", de que participa o espectador ou possível consumidor, e dos "simulacros construídos", faz-se possível a interação que visa a um só objetivo: vender. Para isso, contudo, o redator necessita dominar os mais variados aspectos da pragmática comunicativa, a exemplo do registro lingüístico e do viés ideológico, com o fito de estabelecer a melhor interação possível com o público-alvo.

Uma análise de anúncios iguais (por exemplo, duas marcas de aparelho de televisão), que tenham entre si uma diferença no tempo de mais de vinte anos, demonstra de que modo se estruturam os propósitos e a argumentação da publicidade, apesar das evidentes transformações tecnológicas dos produtos. Pode-se concluir, de imediato, que *o avanço tecnológico não acarretou qualquer mudança redacional*. Pelo contrário, alguns efeitos de persuasão são comumente encontrados em ambos os anúncios. Nesse sentido, quando não são percebidas mudanças evidentes de estilo, é possível afirmar que o discurso publicitário, apesar de projetar-se muitas vezes para o futuro, possui um incontornável compromisso no presente da linguagem.

Em relação ao dito e aos explícitos, e ainda ao não-dito e aos implícitos, percebe-se que tanto um anúncio da TV-90 da Standard Electrica (de meados da década de 60) quanto dos produtos da Sharp (da década de 80) fundamentam-se em premissas, em *informações aprioristicas* que o espectador/consumidor é obrigado a aceitar. Assim, "Televisor é Imagem e Som" (note-se o expressivo uso das maiúsculas, a significar, mais do que características, conceitos); por sua vez, "os produtos Sharp sempre mostraram a você uma imagem com mais brilho e melhor colorido", em que "sempre mostraram" atua como fulminante eliminação do brilho e do colorido de outras marcas, ignorando até mesmo o fato de que uma televisão qualitativamente pior possa anunciar outra melhor, segundo um processo de reflexos infinitos e evolutivos. Essas informações, que podem ser consideradas como elementos

A televisão evolui: como um móvel

implícitos na descrição dos aparelhos de televisão, induzem o espectador a outras informações, dessa vez explícitas, que serão plenamente desenvolvidas ao longo do anúncio. Vinte anos mais tarde, o anúncio da Sharp continua a se valer do recurso dos *enunciados implícitos*, tema estudado pelo estruturalista Oswald Ducrot, uma vez que fundamenta sua mensagem em premissas que não precisam de maior persuasão: a mensagem parte do princípio de que a imagem já atingiu um nível de excelência, e de que só é preciso anunciar o som. Em ambos os anúncios, no entanto, há elementos explicitados (como a elegância dos móveis e a tela quadrada).

Um anúncio, porém, nada seria sem o dado e o novo na informação; sem a suspeita reiteração das qualidades de um produto que pode até mesmo repetir seus aspectos tradicionais, porém travestidos numa nova embalagem. É nesse tópico que surgem os "simulacros construídos": informa-se que a TV-90 possui a exclusividade do mais perfeito seletor de canais, que se incumbe da harmonia entre a imagem e o som — o que sensibiliza o espectador pelo aspecto da *totalidade*. Já os produtos da Sharp apelam para a possibilidade de tornar o som ainda mais harmonizado à imagem, a ponto de empreender uma sutil mudança de significado no uso do verbo *ver* na frase "agora que você já viu qual a melhor tecnologia, ouça".

Paradoxalmente, a argumentação é tanto mais convincente e persuasiva no discurso publicitário quanto, em vez de esclarecer, mais obscurece a informação. Muitas vezes esse fenômeno é observado na *nomeação* dos processos tecnológicos, que atiçam a curiosidade do espectador mais pelo aspecto rebarbativo do que pela utilidade prática. Nesse sentido, os estrangeirismos (em geral, palavras de língua inglesa) são recorrentes. Um simples seletor de canais transforma-se em *tri-selector Master* no anúncio da TV-90; porém, nada supera a exorbitância do anúncio da Sharp. Neste último, aliás, percebe-se perfeitamente uma estratégia comum ao discurso publicitário, qual seja, a de introduzir o espectador por meio de um texto curto, ágil e graficamente agradável, com tipologia grande (o texto à esquerda) e, mais adiante, em letras miúdas, explicitar os processos tecnológicos, em texto mais completo (à direita e na parte baixa da página). Muito embora o anúncio da Sharp seja o que mais procura a adesão do espectador ("Mas, como você, ela está sempre buscando o novo, o melhor"), é também o que mais o deixa desamparado, mediante o excesso de termos específicos e de estrangeirismos — o que só corrobora a tese de que a *forma* tem, na hierarquização de valores, uma função bem mais efetiva do que o *conteúdo*. Dessa maneira, abundam os termos como "linha *Apex stereo motion*", o *"flat square Linytron tube"*, o *"bass reflex"* e o *"On Screen Display"*, sem esquecer a "potência real de saída de 80W EMPO", que serve a um só tempo de linguagem hermética e sedutora.

Obviamente, essas informações de caráter duvidoso representam, muitas vezes, dados argumentativos extremamente úteis. Eles se mesclam, na verdade, a todos aqueles elementos constitutivos da estrutura básica de um anúncio: *a ênfase na singularidade*. Nada é mais persuasivo do que a novidade de ser o único. Assim é que "Só" os televisores TV-90 possuem o seletor X, "o mais perfeito do mundo", "a chave da harmonia" que "nenhum outro pode lhe proporcionar", "a melhor forma de ver e ouvir!" Já os produtos da Sharp têm "melhor qualidade de imagem" que proporciona "maior amplitude de visão" com controle remoto "mais completo que existe", conjuntamente com o "exclusivo" e "mais completo sistema de visualização digital". O que seria da publicidade sem o mais e o melhor?

Nietzsche afirmou que os seres humanos só se livrariam de Deus quando tivessem exterminado a última gramática; um filósofo nietzschiano, Michel Foucault, explica que o discurso é sempre o estabelecimento implícito de um poder sobre outro e que este poder se difunde de forma capilar por vários níveis. Em *L'Ordre du discours* (1971), o filósofo francês comenta os aspectos da perversidade existentes em toda manifestação comunicativa. Mais particularmente, pode-se estudar a manifestação do "viés ideológico", que predispõe uma mensagem a possuir uma interpretação dominante demarcada pelo próprio emissor. Mas a idéia a reter é a da análise das *causas* e dos *efeitos* de todos os tipos de discurso. E, no caso dos anúncios dos aparelhos de televisão, seria equivocado não mencionar até mesmo a propriedade vocabular como uma instância ideológica de qualquer discurso: o reconhecimento da informação lexicológica nem sempre quer significar a sua tradução ou a sua explicitação. Às vezes, até mesmo a persistência do obscurantismo (como se quis mostrar no abuso de termos técnicos e de estrangeirismos) permite, senão a melhor compreensão da mensagem, ao menos a sua comunicação.

Os dois anúncios, em síntese, possuem a preocupação comum de estabelecer com o espectador um pacto de igualdade ("você nota a diferença à primeira vista"), que é falso na medida em que o espectador *não possui* o produto anunciado. O anúncio da Sharp é ainda mais perverso porque partiu do princípio de que o espectador já aceitou como verdadeira a informação de que a imagem do produto que possui é a melhor, só necessitando de alguns avanços no som. A coesão e coerência entre idéias, em ambos os anúncios, é notável, não só porque respeitam a *brevidade da informação*, como porque também respeitam o tema essencial que precisam anunciar: *o da harmonia entre som e imagem*. O período de vinte anos entre um anúncio e outro não introduz modificações no que se refere à comunicação dos avanços obtidos no tempo. Talvez só haja mudança essencial, no caso em apreço, se os consumidores puderem, um dia, trocar a televisão por algo melhor, que lhes pareça de fato superior.

Ser pivete[1]

O menor abandonado já preocupava um escritor como João do Rio, em crônicas do início do século, quando o Rio de Janeiro vivia sua belle époque. *A palavra pivete é moderna e encontra-se associada à violência, assim como pixote. O cronista carioca denunciava um retrato da miséria e da promiscuidade na infância que só atualmente tem provocado maior indignação.*

O pivete pode surgir de todas as esquinas — mas a palavra original, *pebete*, surge na Espanha, onde significa graciosamente o fio inflamável que leva o fogo à bomba. Em língua portuguesa, o pivete também é um estopim: explosão de um paradoxo que associa à infância a sombra de um ladrão, de um assassino. Mas o pivete é essencialmente criança: criança esperta, como define nosso dicionário mais popular, o mesmo que afirma ser *pixote* palavra originada do chinês (língua na qual significa "não sei"), e que se refere àquele que joga mal, à pessoa inexperiente. Existe mais um paradoxo, e existirão muitos outros, nesse jogo violento de descobrir a idade da morte na idade da criança, ou então a esperteza maior do que a ingenuidade, às vezes acompanhada de um sorriso quase demoníaco como o daquela menina subitamente famosa por trazer à mão uma arma. A criança sabe que existe na arma o heroísmo que nenhuma ficção infantil poderia garantir tão bem.

Para entender o pivete, no entanto, é preciso mais do que entender as palavras. Não se deve, sobretudo, *atualizar* o pivete — e, desse modo, atualizar a miséria —, pois que o problema do abandono já pertence a uma infância muito antiga.

---
[1] *Jornal do Brasil*, 20.09.1987.

Evaporação da inocência, perda da sensibilidade, o pivete é a imagem seminal do destino: ali tudo começa e, de algum modo, tudo termina. Não é mais uma criança levada, travessa — mas uma pequena história sobre a qual já paira uma sentença, reação mais violenta do que a do castigo. Pois, sozinho, sem o amor de ninguém, o pivete sofre abandono de todos. Diz que mendiga para levar dinheiro para casa, quando não sabe onde mora; experimenta de tudo, a droga e o sexo, pois o mundo, assim como ele, também não tem idade: é um universo casual onde nasceu, e que se consome na dimensão exata de sua vertigem e de seu perigo, no qual o pivete alimenta uma fome contínua e autofágica — a de tudo o que não lhe pertence. Jogo da sobrevivência aos sete, aos dez anos — tal como enviar uma pessoa à Lua sem lhe revelar a ausência da gravidade.

Assim como muitos imbecis dizem que no passado as pessoas eram mais fortes e viviam mais tempo, muitos dizem que o pivete é um flagelo *de agora*, uma doença urbana, o resultado da lógica selvagem das cidades. São lugares-comuns que procuram ocultar a permanência e a durabilidade da miséria — e, nesse sentido, a sua atualidade. Mente-se muito mais: acredita-se que a miséria se fortalece em tempo de crise, como este da nenhuma prosperidade, do endividamento externo e da dívida pública. Porém, basta que tenha existido um cronista mundano, João do Rio, a flanar pelo cenário da *belle époque*, para que a tese se demonstre equivocada.

A prosperidade da capital do Brasil era evidente na passagem do século, na atmosfera de uma República recém-fundada, do aparecimento das novas máquinas e das novas técnicas, do refinamento afrancesado e dos alegres passeios dos capitais estrangeiros. Alguém também passeava, jornalista da outra face da moeda: assistia às missas negras no país católico, descrevia ao mesmo tempo a fome e o ópio, a velhice das coristas, os

Pivetes: crianças que precisam nascer?

tatuadores, os músicos ambulantes e os homossexuais. Ele não era sequer um defensor ou exímio praticante da *outra* vida — era um intelectual, apenas, e preferiu amar as ruas a sentar-se num lustroso gabinete onde, por exemplo, Coelho Neto pinçava algumas palavras rebuscadas, ou em confeitarias também rebuscadas onde Emílio de Meneses brincava de maltratar os seus amigos, dedicando-lhes sonetos cuja sátira se reduzia quase sempre ao aspecto físico. João do Rio, não. O que aguçava a sua pena de escritor era talvez um prazer mórbido de fixar as cenas deselegantes de sua época, quase sempre trazendo à sua reportagem e à sua crônica uma nota moralizante e preconceituosa. Era um Rio povoado de contradições — cidade e escritor. Mas graças a este último ainda é possível penetrar nos presídios, para conhecê-los por dentro, talvez com maior realismo do que com as câmeras de televisão de hoje, tentando flagrar as tentativas de fuga, a morte dos traficantes, as revoltas e as transferências de presos, e a angústia familiar. Em *A alma encantadora das ruas* (1908), além de "O Dia das Visitas", ele escreve sobre "Mulheres Detentas", revela o talento poético dos "Versos de Presos" e examina "A Galeria Superior": "No espaço estreito, uns lavam o chão, outros jogam, outros manipulam, com miolo de pão, santos, flores e pedras de dominó, e há ainda os que escrevem planos de fuga, os professores do roubo, os iniciadores dos vícios, os íntimos passando pelos ombros dos amigos o braço caricioso..."

Quem se importou com os presídios, os mendigos e as pequenas profissões não poderia esquecer a infância — e, perplexo, tratou do tema em "As Crianças que Matam", do livro *Cinematógrafo* (1909), e "Os que Começam...", de *A alma encantadora das ruas*. Na primeira crônica, relata um passeio ao bairro da Saúde, "cuja história sombria passa através dos anos encharcada de sangue". Ali encontrou crianças em bando, algumas aprendendo inglês ou francês da boca dos práticos que fundeavam seus barcos no Cais do Porto. "Todos incondicionalmente abominam o Rio: querem partir." Na outra confessa ter interrogado, em apenas quatro dias, 96 garotos, todos abandonados ou escravizados, o que decerto é a mesma coisa. "Nada mais pavoroso do que este meio em que há adolescentes de dezoito anos e pirralhos de três, garotos de um lustre de idade e moçoilas púberes sujeitas a todas as passividades." Certo de que essas crianças são o "broto das árvores que irão obumbrar as galerias da Detenção", o cronista prefere especular sobre a conivência das famílias, das supostas madrinhas e da sociedade inteira na perversão da sociedade infantil.

O pivete parece não ter maculado a sociedade festiva de então, repleta de gente alegre; se está maculando nossos dias é porque mais uma denúncia foi feita: os traficantes do pó branco se dizem marginais da mesma qualidade dos que praticam os crimes do colarinho idem. E muitos ladrões apelam para esse álibi evidente, a saber, o de que os roubos não são praticados somente pelos que são presos. Contudo, o drama da infância parece mais atroz não apenas por causa da pouca idade dos envolvidos: mas porque eles *decidiram* menos, de uma forma ou de outra estão desorganizados e perdidos. Seus crimes não têm novidades, mas parecem muito escandalosos: pois os pivetes são crianças, e dizem cada vez mais alto que precisam nascer.

A filosofia da besteira[1]

Acossado pela sucessão de campanhas políticas, para os mais variados cargos, muitas vezes protagonizadas por idiotas e seus tolos projetos, o eleitor começa a pensar que deve haver alguma lógica na besteira, na burrice, no erro. E assim é. Vários pensadores e filósofos dedicaram extensas páginas sobre o assunto, em busca de um sentido para a estupidez.

A besteira (como o lugar-comum) é tão insistente na linguagem que parece já ter assegurado o seu lugar ao sol. Tão cotidiana e disponível que já exibe o seu dicionário.[2] A tradição da besteira é certamente milenar, mas sua importância para as relações humanas foi muitas vezes mal avaliada, desprezada e tratada à distância, muito embora ninguém esteja imune à sua presença disseminadora. Recentemente, o *nouveau philosophe* André Glucksman publicou uma envolvente coleção de ensaios sobre essa matéria e seus correlatos, tais como a burrice, a estupidez e a ignorância. Intitulou-o, secamente, *La bêtise* (1985). Nele, o autor examina sem autopiedade a presença da besteira na história das idéias políticas, em especial da história contemporânea. Alerta que a besteira não deve ser subestimada, uma vez que se apresenta em todas as formas dos contatos sociais. E, sobretudo, não se deve considerá-la como "uma aventura que só acontece com os outros". Pois a presen-

---

[1] Versão ligeiramente reduzida deste ensaio foi publicada no *Jornal do Brasil*, 27.10.1985.
[2] Trata-se do *Dictionnaire de la bêtise* (Paris: Robert Laffont, 1991), de onde retiro, dentre milhares de exemplos, a seguinte doutrina formulada pelo secretário do Partido Marxista-Leninista italiano, Aldo Brandiralli: "Sem a consciência de classe, o ato sexual não pode trazer satisfação, mesmo se é repetido ao infinito."

Burrice, besteira, estupidez (da série *Los Caprichos*, de Goya)

ça da besteira é universal, pluralista, democrática. Glucksman recorda uma passagem da autobiografia de Roland Barthes na qual o escritor francês esclarece que "a besteira seria um nódulo duro e indivisível, um primitivo: não há maneira de decompô-la cientificamente (se uma análise científica da TV fosse possível, toda a TV desmoronaria)".[3]

É fascinante (ou não) perceber que a besteira é um elemento central nas sucessivas crises e descentramentos que as artes provocam. Muitas vezes, diante de mais uma manifestação vanguardista, afirmar que "isso é uma besteira" estará muito mais de acordo com o julgamento histórico do que com a badalação pseudo-intelectualizante que anseia por ex-

---

[3] Cf. *Roland Barthes par lui-même* (Paris: Seuil, 1985), p. 55.

Um burro e outro burro (da série *Los Caprichos*, de Goya)

plicar esse ou aquele acontecimento localizado nos tempos pós-modernos. Quer isso dizer, enfim, que mesmo a besteira possui a sua complexidade, a trama que por vezes enreda toda uma geração, o efeito que ilude a clareza e faz da razão um artigo obsoleto. Por outro lado, existem crassos erros de julgamento que só podem ser imputados à atuação da besteira ou da burrice, cada vez mais manifesta à medida que o tempo acaba formando um consenso sobre um autor ou uma obra. O famoso "não" de André Gide à candidatura de Marcel Proust a romancista ainda é o mais escandaloso, porém muitas outras avaliações igualmente estúpidas foram reunidas por Henri Peyre em *The failures of criticism* (1967).

Para melhor ilustrar a questão da besteira, tome-se por exemplo a atual campanha dos candidatos a prefeito da cidade do Rio de Janeiro. É notório que o cargo, pela pequena expressão política a que ficou relegado nos últimos anos ditatoriais, não conseguiu ainda suscitar qualquer entusiasmo: os eleitores estão simplesmente entediados diante da longa fila de pretendentes. A síndrome de anemia política que invadiu as ruas e as veias cada vez mais estreitas da paciência alheia tem lá sua razão de ser: certos candidatos a prefeito simplesmente prometem romper com o FMI, acabar com a fome, zerar a inflação, num acesso de fúria que ninguém poderia suspeitar partisse de um simples alcaide. E, fenômeno inusitado, surge um comportamento merecedor de análise: é a besteira, justamente, que convoca a atenção de todos. É inegável que o horário político concedido pelo Tribunal Regional Eleitoral (TRE) conquistou milhares de telespectadores pela quantidade de asneiras apresentadas, que não raro recebem a alcunha de *projetos*. Os pequenos partidos, aproveitando-se de normas eleitorais claudicantes, no breve tempo a que têm direito multiplicam gafes, piadas de mau gosto, inutilidades, frustrações — enfim, besteiras. Mas o público se diverte, cansado do bom comportamento daqueles que foram coerentes, atuantes e até mesmo inteligentes quando estavam em campanha. Ao que parece, é preferível escutar o absurdo improvisado dos pequenos a suportar a realidade maquilada dos que têm dinheiro (e tempo) para produzir um vídeo de boa qualidade técnica. Os grandes partidos agradecem: graças ao desespero dos pequenos candidatos, que exercitam tanto o narcisismo quanto a megalomania no período de um só minuto, o público acaba assistindo às mesmas misérias sob uma forma esteticamente mais bem acabada.

Em se tratando de besteiras, o Brasil já possui boa documentação. O inesquecível Stanislaw Ponte Preta costumava arquivar no *Festival de besteiras que assola o país* as vertiginosas declarações de generais, deputados e vereadores. Trata-se de um arquivo mais do que nunca vivo, envernizado pela célebre

As orelhas atentas. Mas é um burro.

frase de De Gaulle, onde não é difícil encontrar afirmações categóricas como esta: "Todo fumante morre de câncer, a menos que outra doença o mate primeiro."

A besteira, contudo, não é matéria de contornos bem delineados. Em *All except you* (1983), belo livro póstumo em que Roland Barthes comenta os desenhos de Saul Steinberg, encontra-se esta afirmação: "Como a suprema beleza, a besteira é *indizível* (indescritível)." Esse sentimento paradoxal, que causa perplexidade e deslumbramento diante do espetáculo da burrice, talvez seja um mecanismo de sedução difícil de explicar, mas seus efeitos são logo detectados. Nas páginas do *Jornal do Brasil*, assistiu-se a um debate sobre a suposta inteligência do Sr. Roberto Campos, bem como a uma polêmica sobre o sentido da palavra *"alone"* num texto de Shakespeare. Mais aborrecido com as besteiras foi o crítico filosófico Mortimer J. Adler, que, em seu livro *Ten philosophical mistakes* (1985), deu um basta em algumas idéias de filósofos como, entre outros, Kant e Hegel. Aplainando sem constrangimento as arestas de concepções clássicas do pensamento ocidental, Adler denunciou pomposas fórmulas filosóficas, desnudando as besteiras ali ocultas. Munido de um instrumental de lógica, seu livro é uma bem-sucedida série de problemas dedutivos aplicados a uma filosofia que sempre pretendeu o método e a verdade. Diga-se de passagem que, já em 1924, Giuseppe Piazza publicava *L'Errore come atto logico*, colecionando exemplos encontrados em Platão, Sócrates e no então atual Benedetto Croce.

No âmbito do revisionismo das tendências históricas da besteira e da burrice, ninguém teve maior contundência do que Raymond Aron, em *Le spectateur engagé* (1981), ao desabafar sobre episódios para ele incompreensíveis da história francesa: "Freqüentemente me inclinei a pensar que a ignorância e a besteira são fatores consideráveis na História. E digo muitas vezes que o último livro que gostaria de escrever, para o fim, teria como tema o papel da burrice na História."[4]

Ao que parece, entretanto, foi Jean-Paul Sartre quem melhor interpretou a questão da besteira. Em algumas poucas páginas dentre as várias centenas de seus *Cahiers pour une morale* (1983), escritas em 1947, estudou a conduta de um idiota. Para Sartre, é preciso partir do princípio de que a besteira não é congênita — pois está enraizada no campo das relações humanas. Assim, o idiota sempre tem a consciência de dizer não importa o quê, pois jamais atribuiu qualquer valor às suas próprias palavras. Caracterizar a besteira é tarefa tão árdua quanto caracterizar a inteligência. Anota Sartre que um idiota, pela lentidão e pela estreiteza de seu raciocínio, nunca é um contemporâneo — ao contrário, coloca-se sempre no passado, onde chegou já com algum esforço. Esse anacronismo, seja ele guiado pela mistificação ou pela mentira, faz com que o idiota divirta o outro. Por sua vez, o sentimento de di-

---

[4] *O espectador engajado* (Rio de Janeiro: Nova Fronteira, 1982), p. 56. Tradução de Clóvis Marques.

zer besteiras e de ser idiota — que Sartre chamou de *vazio pesado*, numa referência à opacidade das idéias do idiota — transforma-o num oprimido. Cabe perguntar, contudo, se a existência da besteira nas formas de poder (por exemplo, na censura e na burocracia) não indica também opressão. A besteira pertence à família da incompetência, da falta de sentido e da inabilidade. Por sua vez, essas qualidades têm evidente relação com um aspecto elementar — o da animalidade. De fato, as imagens da besta, do burro e do asno estão secularmente ligadas a um comportamento governado por forças orgânicas e destinado à repetição. Não é de espantar, pois, que um dos candidatos à Prefeitura carioca esteja literalmente transformado numa zebra a pedir de seu eleitorado que repita o seu *slogan* e o hino da cidade que ele diz amar tanto. Ou ainda um outro candidato que, durante sua infância pobre, costumava passar *através* da lona do circo, fato espantoso tanto para os gramáticos quanto para os parapsicólogos, sem esquecer a trupe circense. Ou então aquele que, harmonizado com teses racistas, pretende realizar a eugenia da família brasileira. Embora divertindo-se, muitas vezes o eleitorado sonhará com a existência de um mundo melhor e paradisíaco em que, sem a presença incômoda dessa fauna, a única e provável besteira será comer o fruto proibido.

Quem é o autor da memória?[1]

Uma das questões mais pertinentes da informática é a da autoria e da propriedade: a responsabilidade sobre diversos aspectos do uso de computadores, incluindo os erros que podem ocorrer, é um tema que começa a ser discutido à medida que este uso se populariza.

Os seres humanos já se acostumaram às revoluções industriais e tecnológicas. Poucas pessoas temem que os robôs possam ameaçar seus empregos, e até os mais firmados pessimistas reconhecem nas máquinas uma necessidade na redução do risco das tarefas. Quase ridículas são as profecias de que ameaçam fisicamente a integridade humana, idéia que pertence às utopias negativas ou aos primórdios da instalação industrial nas sociedades. Contudo, há problemas que persistem — e, pior, há novos problemas surgidos da recente geração tecnológica, dominada basicamente pela informática: um deles é o da *memória*.

A durabilidade da memória sempre esteve ligada aos objetos: às inscrições nas pedras, aos papiros, às tábuas e às lousas. Para *inscrever* a memória é necessário esforço físico, atrito, risco. Nos computadores, entretanto, a memória não é propriamente um objeto, mas um campo magnético — tornou-se, por isso, mais veloz, porém invisível; mais ordenada e econômica, porém quase volátil. Outro paradoxo: cada vez mais especializada, necessita de pessoas que saibam manusear os seus códigos e os seus instrumentos: isso significa mais controle, mais burocracia, mais poder nas mãos de uns poucos. Todos os alfabetizados podem ler o que um livro registra; mas quantos podem ler o que um computador registra, senão

---
[1] *Jornal do Brasil*, 25.10.1987, publicado com o título "A Memória Perdida".

aqueles que, além do alfabeto comum, conhecem o *acesso*? Como uma camada superposta à outra, a informação reveste-se de uma outra zona misteriosa que precisa ser lida ou compreendida.

Quem o conseguirá? Os meninos que penetraram nos códigos secretos da NASA, ou nos muitos órgãos governamentais cujas informações são sigilosas, já o conseguiram. São, por isso, chamados de gênios — e talvez erroneamente chamados, porque a aprendizagem da linguagem de um computador equivale à de uma língua estrangeira, mais facilmente absorvida na vida infantil do que na vida adulta. A existência desses garotos, que de tempos em tempos invadem os códigos de acesso, demonstram menos a vulnerabilidade de um sistema e mais certo desconhecimento do que seja controlar uma linguagem. Como em antigos rituais sagrados, o segredo desaparece e fica-se conhecendo apenas um iniciado.

O problema da memória está relacionado a esse segredo — embora a memória possa desaparecer. Mais simplesmente do que o rasgar de um livro, a memória pode ser subitamente apagada pela vontade ou pelo descuido de um operador. Muitos escritores já perderam algumas páginas de seus livros porque apertaram teclas erradas; algumas redações de jornais já perderam páginas inteiras de suas edições porque houve o *sumiço* — desapareceram no instante de enviá-las à impressão. Para onde vai tudo isso? Para lugar nenhum: ao contrário das folhas rasgadas que podem ser recompostas, dos palimpsestos que podem ser decifrados, das charadas e até mesmo da perda temporária dos papéis, a memória não pode ser refeita. Será preciso, de fato, imaginar uma forma de evitar esse perigo, o que comprova um axioma evidente da invenção: o que revoluciona uma época não são as suas soluções, mas os seus problemas.

Muitos já viveram, por exemplo, esse *problema* da informática: o da agência bancária cujas máquinas estão *off-line*

Chips: peças de montar que formam novos mapas

(desligadas do computador central) por tempo indeterminado. Longas filas se formam diante das registradoras que deveriam tornar mais rápidas as operações bancárias; os funcionários e a clientela se conscientizam de que os sistemas de computadores não permitem que se retorne ao registro manual e elétrico das antigas máquinas: se um banco eletrônico está desligado, se não há contato com outra agência, tudo pára. *Off-line* equivale a um desastroso *black-out*, como o ocorrido em Nova York, causando grandes prejuízos, incluindo o populacional, segundo estatísticas sobre os bebês nascidos nove meses depois que as luzes se apagaram. Os sistemas computadorizados são muito mais sensíveis aos danos do que os sistemas elétricos: sabotar uma central de computadores atinge muito mais pessoas do que explodir uma estação elétrica. A *sincronia* do mundo será controlada pelo computador — imagine-se, pois, o caos dos sinais de tráfego e das comunicações, entre outros, se estiverem desorganizados. Estando a sociedade acostumada ao processamento, o desastre será irreversível: ninguém poderá bater um cartão de ponto porque as alavancas estarão abolidas; ninguém comprará um produto porque o leitor ótico não estará funcionando e nada poderá substituí-lo. A pane de um sistema corresponde à impossibilidade de solução e, às vezes, de correção.

Além disso, há outro problema grave: o da *autoria*. Ele se acha bem mais acima da reclamação contra a impessoalidade, crítica romântica que se originou a partir da substituição do trabalho artesanal. O *desaparecimento da autoria* é, na verdade, o grande problema. O enredo do filme *Brazil* (1985) alude a ele: um inseto (*bug*, em inglês, é inseto e também defeito, falha) cai dentro de uma impressora, causando um pequeno curto-circuito que descontrola o teclado; por esse motivo, a máquina registra o nome errado de uma pessoa que, numa listagem de outras pessoas incriminadas, deverá ser presa. O erro está cometido. Quem é o seu autor? A resposta lembra os dois personagens de um auto de Gil Vicente: *Todo Mundo* e *Ninguém*. Não existe a quem reclamar: a falta de autor (e, por isso, de subjetividade) atenua a possibilidade do erro: o que sai da máquina é a Razão, uma verdade que não se estabelece mais pelo julgamento, que é uma etapa mediadora, mas pela imposição. A máquina transmite uma imposição de todos, porque todos *sabem* que aquela máquina serve para incriminar as pessoas. Outro caso: quando se perde, no banco eletrônico, uma quantidade de dinheiro que nunca será devolvida, pois houve problema com a máquina e ninguém poderá identificar corretamente o autor da perda.

Recentemente, num depoimento ao Congresso dos EUA, Woody Allen revoltou-se contra um hábito recente do cinema norte-americano: o reprocessamento de filmes em preto-e-branco para a inclusão de cores. Ele não é contra a técnica, pois cabe ao diretor decidir ou não por ela; mas, estando esse diretor morto, quem poderá decidir a *autoria* das cores? Como autor de filmes em preto-e-branco, Woody Allen sabe o que diz. Além disso, o processo se espalha por outras áreas, e invade o campo da criação, como o dos aparelhos que atuam sobre o som do filme e que podem, até, reduzir a metragem, para conforto dos exibidores. Um dia, os cinéfilos descobrirão que o misterioso *Rosebud* é rosa...

Por isso, a questão primordial da informática é a identificação da autoria. Mais ainda: saber quem, enfim, poderá controlá-la — e, principalmente, por quê. Assim como o *beatnik* William Burroughs exigia que toda pesquisa científica tivesse conhecimento público, as sociedades precisam questionar os códigos que transformam as informações num território silencioso e agressivo, que se tornam secretos à proporção que todas as pessoas se tornam mais cadastradas e conhecidas. Os computadores estão espalhados por todos os lugares — mas a democracia ainda não chegou ao computador.

O defeito final

Uma falha nos programas e microprocessadores de bilhões de aparelhos poderá provocar transtornos na passagem para o ano 2000. O bug do milênio fez surgir, de maneira bem menos mística, o medo à mudança tão típicos do milenarismo religioso: afinal, o caos a ser instalado pode ter a forma violenta e imprevisível prevista no Apocalipse.

Porque hoje é sábado.
Vinicius de Moraes

Errou quem previa que o temor ao começo de uma nova era e o medo à mudança constituíam sintomas típicos apenas dos que estiveram apreensivos com a passagem para o ano 1000. Naquela época, a chegada do milênio ficou associada à morte e ao fim dos tempos. No último dia de 999, o dia do Grande Pânico, sob o papado de Silvestre II, encheram-se as igrejas e fechou-se todo o comércio. Nada aconteceu — mas o temor do apocalipse permaneceu por muito tempo. Mil anos depois, enquanto escrevo estas linhas em meu computador, aproxima-se a tragédia do *bug* do milênio. Não se trata propriamente de uma falha ou de um defeito, como sugere o nome, mas do resultado desastroso de uma decisão tomada à época em que os processadores precisavam economizar memória. Nos anos 60 de nossa era, um simples *megabyte* de memória em disco custava 10 mil dólares ao ano, quantia colossal se comparada aos preços atuais, de apenas 10 centavos. Os programadores, assim, abreviavam o que podiam — e nesse processo incluíram a representação das datas. O primeiro dia do milênio seria então 01/01/00, reduzindo-se os algarismos dos anos a apenas dois. Ocorre, contudo, que aqueles inócuos 00 poderão ser compreendidos, pela máquina, como 1900 — o que terá conseqüências ainda não inteiramente avaliadas para a vida cotidiana, muito embora se possa prever a tragicomédia a começar no primeiro minuto milenar: uma chamada telefônica poderá ser registrada com a duração de 100 anos, se for iniciada nos minutos finais de 31 de dezembro e só terminar no ano seguinte; máquinas da UTI podem parar, bem como os seus usuários inconscientes; portas de elevadores, controles de semáforos e linhas ferroviárias, aviões em pleno ar, cofres automáticos, um prosaico microondas, toda parafernália que dependa de microprocessador com calendário poderá entrar em pane, num curioso *revival* do Apocalipse.

Deu-se ao *bug* do milênio a designação cifrada de Y2K, em que Y = *year* e 2K = 2000. A incapacidade de que 1900 seja algo distinto de 2000 preocupa, por exemplo, a Confederação Nacional das Indústrias, que já distribuiu uma cartilha sobre o assunto em que se lê na primeira linha do primeiro parágrafo: "Você já está perdendo tempo." O Brasil é o sexto maior usuário de computadores do mundo e, no que diz respeito ao Y2K, juntou-se a um grupo de países, como a Rússia e a China, em que as tentativas de correção do problema são lentas ou são nenhuma. A averiguação e o reparo de um sistema nunca levam menos de seis meses, o que deixa pouco tempo para qualquer ação no ano da graça de 1999. Estima-se que, só no Brasil, seriam gastos US$ 14 bilhões em consertos, num contexto em que o preço da memória afinal baixou, mas subiu muito o custo da escassa mão-de-obra que poderá corrigir as linhas dos programas. Além disso, ao contrário das obras que se prolongam no tempo, a data para a mudança é inadiável, inegociável, intransferível.

A conclusão é consensual: haverá problemas. Escritórios de advocacia já se preparam para as implicações geradas pelo *bug*: processos sobre lucros cessantes, garantia de serviços, questionamentos sobre defeitos e segurança de produtos, in-

Feliz Ano-Novo

denizações. A primeira ação brasileira do tipo já está em curso, e reúne, miticamente, o Estado mais rico e o esporte mais popular do país: o São Paulo Futebol Clube move processo contra uma empresa do Grupo Siemens, que lhe vendeu um sistema de telefonia no qual já foi detectado o calendário defeituoso. O setor bancário, mais ágil, cuida de seus interesses a ponto de simular operações financeiras para a data fatídica, a fim de saber se naquele dia continuará especulando ou se pedirá falência. As empresas estatais, fiéis a uma tradição, estão por sua vez tão atrasadas na correção do problema que se arriscam a não chegar a tempo nem mesmo para uma nova época de privatização. A listagem do caos que o *bug* do milênio consegue gerar transmite uma tremenda sensação de insegurança à comunidade, que tem data e hora marcada para seu encontro com o desastre.

Nesse ponto, parece necessário escapar à enumeração dos problemas a serem enfrentados e investigar o tipo de apocalipse que, agora, não é apenas previsível, mas inevitável. O *milenarismo* (que provém do latim *mille annorum*), assim como o *quiliasmo* (do grego *khilioi*, mil anos), é uma atitude religiosa relacionada ao medo da mudança e da renovação e também a movimentos de revitalização de costumes e crenças.

No seminário "Milênio: Medo e Religião", a ser realizado em fevereiro de 2000, nas ilhas Canárias, serão apresentados temas como "Apocalíptica Secular Contemporânea", "O Cômputo do Medo por Períodos de Mil" e "Medo de Viver na Terra: o Milenarismo da Porta do Céu". Uma das bases fundadoras do milenarismo encontra-se numa citação do *Apocalipse* (20, 1-3): "Vi então descer do céu um anjo que trazia nas mãos a chave do abismo e uma grande cadeia. Ele pegou o dragão, a serpente antiga, que é o diabo, Satanás, e o acorrentou por mil anos. Lançou-o no abismo e o fechou, pondo por cima um lacre, para já não seduzir as nações até o fim de mil anos, depois dos quais será solto por pouco tempo." O *bug* do milênio produz um *momentu* apocalíptico que, ao acontecer espantosamente no dia 01 de janeiro de 2000, cairá no sábado — o Sábado da Criação. Os processadores mais antigos, concebidos na fase em que a memória era demasiado cara, são os que apresentam maiores problemas. A solução implica buscar técnicos especializados em linguagem *Assembler* e *Cobol*, que possuem, simbolicamente, a mesma importância dos ancestrais numa comunidade, ou dos iniciados que detêm um conhecimento específico que pode salvar pessoas: mais uma vez, a solução está no conhecimento do passado. Serão essas pessoas, enfim, as responsáveis pelo sentido de *reconstrução* existente no conceito do Apocalipse, muito mais intenso que o de destruição, como queria o anglicano Joseph Mead. E já existem empresas que, como bons salvadores de almas, vendem produtos "aderentes ao ano 2000", que "não possuem dependência de calendário". Além disso, uma extensa e confusa literatura associa o Y2K, simultaneamente, à recessão mundial, à chegada do Anticristo e a uma sociedade sem dinheiro em que será urgente proteger a família...

O *bug* do milênio é um emblema da certeza de que algo, enfim, irá mudar. Mais do que a iminência da destruição nuclear (o Apocalipse representado pelo *Armageddon*), o *bug* induzirá múltiplas operações à catástrofe, o que torna o ano 2000 bem mais perigoso, consideradas todas as hipóteses, do que o ano 1000, quando os tementes a Deus se reuniram para o Juízo Final. "E haverá um tempo de angústia / como não houve até agora / desde que existem os povos" (*Daniel*, 12,1).

(1999)

After bug

E então, diante de mais uma profecia fracassada, ficamos sós e decepcionados: o *apocalypse now*, ambiguamente desejado, transformou-se no início de uma nova era a ser denominada de *after bug*. A humanidade já havia experimentado o momento de iminente destruição, quando Kruschev e Kennedy debateram a instalação de mísseis atômicos em Cuba, em 1962. Dezessete anos depois das bombas lançadas sobre Hiroshima e Nagasaki, os relojoeiros da hecatombe avisaram que os ponteiros nunca estiveram tão próximos da contagem final. De todas as lúgubres previsões resultou, ao menos, a comédia *Dr. Strangelove ou: Como eu aprendi a parar de me preocupar e a amar a bomba* (1964), parodiando aqueles tempos e as sinistras paranóias do futurólogo Hermann Kahn.

Obviamente, a ameaça do Y2K não estava mais sujeita à situação de Guerra Fria. Por mais que o jornal cubano *Juventud Rebelde* tenha afirmado que o *bug* do milênio representou uma estratégia do sistema capitalista para vender produtos e serviços, talvez nunca se saiba quão perto estivemos de um fim. O maior temor das pessoas bem informadas sobre o possível defeito nos sistemas de computação remetia, justamente, à hecatombe nuclear — dessa vez, contudo, na sua versão desideologizada. O fato é que a profecia não se cumpriu. E fomos acometidos da estranha sensação de que, uma vez que não fomos destruídos, fomos enganados.

Já no primeiro dia de janeiro de 2000, saídos de uma ressaca sóbria típica dos plantões noturnos, engenheiros e técnicos que trataram diretamente de controlar os eventos e acidentes provocados pelo *bug* do milênio declararam, para perplexidade dos seus fiéis, que o pesado investimento para evitar o mal maior fora muito bem empregado. Se aviões não caíram, se comportas de hidrelétricas não se abriram, se bancos de dados não se transformaram em cartilhas de matemática, o fato se deve ao esforço de milhares que reescreveram bilhões de linhas de programas. A notícia mais surpreendente da ocasião passou a ser, em conseqüência, a renúncia de Bóris Yeltsin, justamente no país sobre o qual eram realizadas as mais sombrias hipóteses de descontrole do armamento.

O funcionário de um Grupo de Trabalho dedicado a monitorar o Y2K declarou que "as grandes empresas não gastam, ingenuamente, milhões de dólares numa fantasia tecnológica", dando a entender que a lógica econômica é superior à análise do que se passou em países que não gastaram tanto assim. Caberia repetir a pergunta: valeu a pena investir cerca de 500 bilhões de dólares para eliminar o impertinente inseto? A crer na experiência japonesa, a resposta é não. O Japão, segundo indicaram os especialistas em defeitos, foi um dos países mais despreparados para assistir ao sol nascente do milênio. Duas usinas nucleares apresentaram problemas segundos depois do começo do ano 2000, embora a informação oficial tenha garantido que o assunto era menor e não apresentou perigo. Ainda hoje, superada a excitação do *turning point*, não se sabe exatamente o que aconteceu. O exemplo japonês é crucial para que se possa considerar se houve ou não alarmismo em relação ao tema do *bug*. E é provável que o país tenha dado mais uma lição de economia e poupança interna.

Portanto, passado o *réveillon*, cada um de nós ingressou no mundo que não foi destruído, mas passou a exibir alguns problemas menores: não funcionaram máquinas de emitir bilhetes, na Austrália; máquinas de aposta em corrida de cavalos, nos Estados Unidos; algumas operações com cartões de crédito, na Grã-Bretanha. Além disso, a data nas *web pages* de dois observatórios marcaram o ano de 19100; uma corte na Coréia do Sul convocou diversas pessoas a comparecem em juízo no dia 4 de janeiro de 1900; e a Telecom italiana emitiu contas

Um mísero inseto

para os primeiros meses de 1900. Ou seja, em vez do projetado apocalipse, muitos se viram confrontados com um universo de situações ridículas e cômicas. No conflito entre crenças, é possível que a fé na tecnologia tenha saído intacta do episódio.

Como acontece quando uma profecia não se cumpre, surgiram diversos velhos especialistas em novas funções: a de anunciar que O PIOR AINDA ESTÁ POR VIR. Pois, segundo explicaram, os primeiros dias de abertura do mercado financeiro e funcionamento dos bancos, 3 e 4 de janeiro, seriam o teste definitivo. Além disso, valendo-se de porcentagens místicas, informaram, enfim, que apenas 10% dos defeitos seriam verificados nas primeiras duas semanas do ano, e 55% até o próximo mês de dezembro. Um *bug* com efeito retardado, como se houvessem misturado os genes de uma vespa com os do bicho preguiça. Para os *doomsayers*, cassandras do último dia, a aberração genética é sempre uma possibilidade.

(2000)

Aeroarte[1]

O uso de spray para escrever palavras incompreensíveis e rabiscos apressados nos muros e monumentos das cidades reabriu um conhecido debate sobre o espaço da arte. O grafiteiro pode ser um artista ou é, mais freqüentemente, um vândalo? E como fazer para protestar contra os pichadores se muitas vezes o que eles picham já é um protesto?

Um senhor respeitável, diretor do Museu de Arte de São Paulo, grafitou certa vez a palavra *merda*. Protestava contra as pichações da campanha eleitoral e, chamado à delegacia para explicar o significado profundo da palavra, afirmou que ela era muito menos obscena do que a sujeira dos candidatos. Pietro Maria Bardi talvez tenha razão em protestar contra a sujeira política, embora tenha esquecido que o grafito não se limita apenas à função de pedir votos. Recentemente, por ocasião da "Campanha Limpa", ele se engajou, lata de aerossol à mão, na oficialização dos espaços para a prática dessa atividade urbana. O fracasso já está no ar: como restringir aquilo que se define por sua própria marginalidade, que se vale essencialmente dos muros e dos monumentos? À maneira do sambódromo (que serve ao samba somente durante a data oficial) e do desaparecido camelódromo, talvez se esteja pensando num *pichódromo*, ponto de encontro daqueles que desejam deslizar um *spray* pela superfície de cimento e de concreto da cidade, aeriferamente.

A medida fracassará por diversos motivos — e um deles é que ignora o sentido da palavra *piche*. Em inglês, língua de que se origina, *pitch* significa, realmente, betume ou piche.

---

[1] *Jornal do Brasil*, 18.09.1988, com o título "A Maldição do Grafito".

Porém, significa sobretudo qualquer lugar da rua em que um vendedor anuncia os seus produtos ou um artista de rua, acrobata ou mágico, mostra seu talento à raça apressada dos transeuntes. Já se percebe de que modo o pichador forma uma vizinhança espiritual com o camelô e como as duas maneiras de existir convivem com a repressão, com a marginalidade. O verbo *pichar*, por sua vez, não se refere apenas ao ato de passar piche pelo chão da rua, pelo teto das casas e por aí vai; significa, como se sabe, criticar, espinafrar, maldizer.

A ousada maldição do grafito não reside na sua mensagem — que é às vezes quase nenhuma, especialmente quando feita pelo rápido jato de um madrugador. O que incomoda às autoridades é menos o conteúdo e mais o continente; a propriedade maculada e o monumento desrespeitado revelam-se muito mais do que o que sobre eles se pintou. Além disso, pichar é uma atividade noturna, que se fabrica no escuro para surgir à luz do dia — o que acentua a sua maldição. O grafito escrito (aquele que não deseja ser mais do que um risco, e se opõe ao grafito figurativo) não tem outro discurso senão o de afirmar: "Isso é um muro, porém a cidade não tem limites." Ou então confundir a mensagem normativa das placas de trânsito, de forma que ela se vê transformada em convite ao acidente. Em geral, os grafitos escritos preferem *despolitizar* a mensagem, preocupando-se apenas em determinar *onde* o grafiteiro chegou, à maneira de um índice olímpico: no segundo andar de uma casa, no muro de sete metros da rua elegante, no granito do Monumento aos Pracinhas, nos recém-pintados Arcos da Lapa. O grafiteiro não anda — ele escala, o que ameaça a ordem da cidade.

Grafitar é literalmente correr um risco, mesmo porque a sobrevivência do grafiteiro está ligada à sua extinção autoral: sua arte se renova todo dia, bastando para isso que o muro seja mais uma vez pintado por seu proprietário para que a

Pietro Maria Bardi grafita, com a ajuda de Aldemir Martins

mancha reapareça. Atividade que está filiada à destruição, grafitar torna-se um discurso caótico que se superpõe a outro caos, que denuncia, sobre a brancura do muro, o nervosismo, a tensão, o *stress* do *spray* urbano. Por isso mesmo, a antiga divisa "Celacanto Provoca Maremoto", tão em voga durante os anos 70 no Brasil, é considerada grande demais pelos que devem burlar a vigilância ou o sono alheio. Não porque comunica muito, mesmo por meio de uma afirmação hermética; mas porque, com rapidez, se chega à finalidade de sujar, sujar sem autoridade, mas com autoria.

O grafito escrito é na verdade um risco que possui autoria. Mesmo quando não se sabe quem é *Apache* ou *Soky*, os riscos que fazem esses rapazes — grafito: uma intervenção masculina — não são anônimos. Seus riscos não se reduzem à molecagem de quem passou correndo e escreveu a jato na superfície vertical de um muro. Não: existem traços distintivos no risco que indicam um *alguém* intencional que esteve lá. Grafitar é a tentativa de fazer o que se quer, mesmo de querer não escrever nada, de pintar e bordar, de pintar o sete. Alguns artistas, a partir de Marcel Duchamp, trouxeram o cotidiano para o museu. A operação inversa vem sendo feita pelos grafiteiros, esses figurativos: trazer o museu para a rua, assentar sobre o muro o que bem poderia figurar numa tela a óleo. O aerossol não deita palavras ao vento: imprime-as sobre a pedra, dá-lhes duração. E, no entanto, é uma caneta ou um pincel que não toca a superfície em que se insere a mensagem. Exige do grafiteiro a destreza de quem solta pipas. O vôo rasante do *spray*, que passa pela superfície do muro e a transforma em painel, faz muito mais do que espraiar certa mensagem que pode apagar-se no dia seguinte. As palavras que aparecem pelo corpo do aerossol podem ser apenas o esboço narcisista de quem deseja pinçar o seu nome na multidão, assinando-o com pressa e coragem. Mas nem tudo é escrito: o grafito figurativo (abstrato ou não: sempre figurativo) tem pretensões de permanência, e é quase sempre feito com aerógrafos. Ao utilizar paredes e superfícies por assim dizer públicas, acabam inseridas num grupo a que também pertencem — não avalio a qualidade artística — boa parte da pintura da Antigüidade, bem como dos afrescos renascentistas e do muralismo mexicano — este intrinsecamente relacionado a uma arte revolucionária. O grafito figurativo, que acompanha uma tendência surgida sobretudo com a arte *pop*, disseminou-se pela metrópole: reside nos metrôs, nos subterrâneos, nas paredes dos viadutos, e já se faz reconhecer por uma estética assinada seja pelo brasileiro Alex Vallauri, seja pelos americanos Keith Haring e Kenny Scharf, entre outros.

As autoridades municipais, se desejam por um lado organizar o risco, esquecem por outro da ameaça aérea. Não devem esquecer, ao decretarem o espaço para os aerossóis, de uma responsabilidade que podem dividir com todos: e, assim como os ecologistas deveriam eliminar os panfletos de suas campanhas, para que não contribuam com o desmatamento, os grafiteiros deveriam pensar, antes de escalar as casas, acerca do buraco na camada de ozônio que neste instante paira sobre a região antártica.

Estar por dentro e estar por fora

O walkman foi um modismo, como as calças boca-de-sino, entre tantos outros. Mas o pequeno aparelho permite compreender mecanismos sutis do modismo, tais como o da substituição e o da alternância entre o espaço externo e o espaço interno de quem ouve e consome a música.

Tal como a parafina, as camisas Hang Ten, a *discothèque*, o *skate* e os patins, o *walkman* já foi um dos modismos insuperáveis de nossa época. Como ocorre com freqüência, teria sido quase impossível, no auge da moda, criticar o modismo. A moda, como se sabe, é uma ditadura branda que, ao impor a uma pessoa o dever de comprar, garante-lhe o direito de usufruir daquilo que todos deveriam ter, e a protege contra quem questiona o consumo compulsivo. Um consumidor gosta de imitar outro consumidor e detesta ser criticado ao adquirir o produto em evidência. Psiquicamente, a moda atua numa zona de desejo vinculada ao poder econômico que se exerce em sociedade, o que acaba afetando a racionalidade do gosto: por que, durante os anos 70, tantas pessoas usaram camisas com dois pezinhos (pequenos e gordos) bordados? A resposta mais sincera é: naquela época, o símbolo da Hang Ten era bonito, e hoje não é mais. Há um aspecto de *obsolescência programada* em quase tudo o que se vende e se compra. Ou seja: cabe saber se um produto foi fabricado para durar menos do que poderia, criando assim uma necessidade de substituição indiferente ao uso de quem o possui. Para além das ponderações sobre as metas de geração de empregos e sobre a dinâmica do mercado de consumo, deve-se analisar um discurso do comportamento social.

O uso de um produto massificado insere a pessoa num grupo em que a sua vontade não é pessoal, mas vontade do outro. Estranhamente, o consumidor converte-se em produto. Seu corpo se transforma em veículo da propaganda: não foi por outro motivo que ficou na moda exibir do lado externo da roupa as etiquetas e os logotipos do fabricante. Inverte-se perversamente a relação de compra e venda: o consumidor anuncia o produtor da própria roupa, pela qual pagou mais caro justamente porque o nome do produtor está mais exposto em seu próprio corpo. O consumidor pode então anunciar Benetton, Lee, Fiorucci, mas o fabricante não lhe concede nem dinheiro nem desconto.

A pequena intimidade que o consumidor nacional tem com a língua inglesa talvez não lhe permita, muitas vezes, compreender a mensagem escrita em sua roupa: por exemplo, gírias ou expressões idiomáticas que em pouquíssimos casos são dominadas pelos seus usuários. É um tanto patético observar ônibus repletos nos quais viajam pessoas que retornam de mais uma jornada de trabalho com camisas que apregoam em letras enormes: *"Stay Alive"*. Por outro lado, erros grosseiros de gramática e ortografia passeiam todos os dias colados aos corpos. Assim, não se anuncia qualquer intimidade com a língua estrangeira, o que por si só já seria ridículo, mas sim o fato de a língua estrangeira representar um *status* que não necessita de tradução ou de decifração.

E o que tem o *walkman* com isso? O *walkman* tem especial significado no que diz respeito ao alheamento, ao sentido da alienação no que a palavra tem de puramente etimológico. Se a transformação da etiqueta em *outdoor* humano significa um estranhamento no processo de reconhecimento do corpo alheio, o *walkman* tenta isolar a pessoa do ambiente em que está. Inicialmente, o aparelho surgiu como uma cômoda opção para escutar música. A ideologia da "volta à natureza", da vida no campo, do vestibular para agronomia é, em geral, motivada

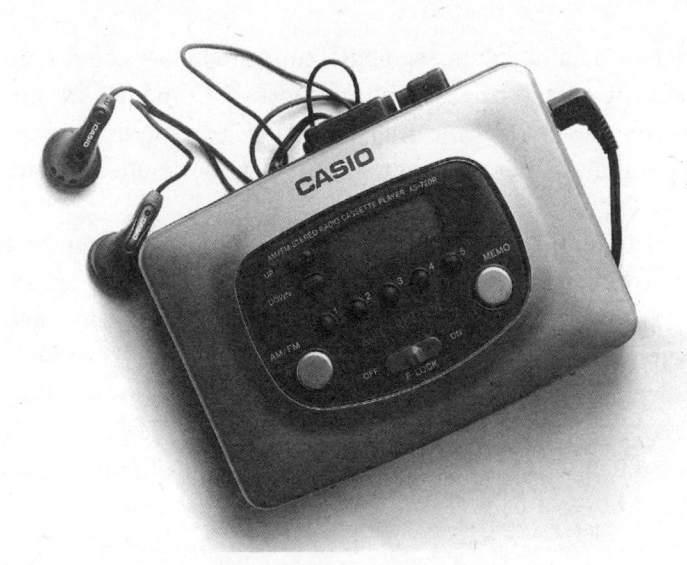

Walkman: ao mesmo tempo ambulante e privado

por essa tendência. Uma forma de vício social que não transgride a lei. Todos os brasileiros nos lembramos de que a liberdade já foi associada a uma calça velha, azul e desbotada, e fim de papo — quando a Anistia mal tinha sido promulgada.

O *walkman*, como indica o nome, inventou a música ambulante. Mas, ao contrário da que toca o homem-realejo, essa música não se propaga a partir de um ponto fixo, e muito menos serve à comunidade dos ouvintes passageiros: é um exemplo de privacidade transportada para o espaço público. Graças à qualidade do som, reinventou o radinho de pilha e seu acessório freqüentemente cômico, o *egoísta*, que servia a uma só orelha. Ao transmitir som de qualidade estereofônica superior, o *walkman* passou a estimular a irradiação de música, não apenas de notícia ou de narração de jogos de futebol. Foram muitas as *evoluções* sofridas pelo pequeno aparelho, desde a que de fato acrescentou tecnologia (a substituição do *walkman* pelo *discman*, que toca CD em vez de fita magnética), até a que nada mais fez senão retocar a forma com o objetivo de atingir um segmento consumidor — como a do *walkman* voltado para o público esportivo. Como lembra Roland Barthes em *Système de la mode* (1967), "o modismo excede em muito a memória humana", podendo "de um ano para outro (...) proceder por contrários".[1]

Drummond, sempre alerta em relação aos modismos e à vida cotidiana, escreveu um pequenino texto sobre o aparelho: "O *walkman* é o máximo de respeito à comunidade: não quero importunar os outros com a minha música. Dá vontade de pedir ao garotão que tem aquela engenhoca nos ouvidos: 'Deixa eu escutar um pouquinho.' O pior é se ele deixar, e lá dentro tem um som terrível."[2] Sim, porque o *walkman*, apesar de promover a privacidade, de limitar o consumo do gosto musical a uma só pessoa e de dar ênfase à música e não à palavra falada, não eliminou a possibilidade do "som terrível". Mais do que o *rock* progressivo ou o *heavy metal*, o "som terrível" pode ser também o som da moda, o som que já se banalizou também no espaço exterior, comercialmente repetido em todas as emissoras, e agora banalizou a pessoa que usa o *walkman*. Há, por isso, uma mensagem implícita naquele trecho da crônica de Drummond, no qual se percebe que, por causa da moda, o "espaço interior" formado pelo uso do *walkman* não indica o deleite privado de quem consome uma nova mensagem. Pois, no caso, não importa mais estar por dentro ou estar por fora.

---

[1] *Sistema da moda* (São Paulo: Editora Nacional/USP, 1979), p. 282. Tradução de Lineide do Lago Salvador Mosca.
[2] *Jornal do Brasil*, 6.3.1982.

Machado de Assis a mil[1]

Durante os anos 80, diversos escritores e personalidades da cultura brasileira foram homenageados nas cédulas em circulação. Estampou-se Machado de Assis na nota de 1000 cruzados e, anos depois, Mário de Andrade na de 500 mil cruzeiros. A inflação os fez desaparecer em poucos meses, mas indicou uma preciosa relação entre os artistas e o dinheiro. Entre a moeda breve e a arte longa.

Brasileiras e brasileiros:
Só mesmo o humor machadiano poderia imaginar uma nota como a recém-publicada, no valor de 1000 cruzados, com a figura de Machado de Assis. Não que a idéia tenha o refinamento irônico do romancista. Na verdade, as cédulas brasileiras não primam sequer pela coerência. Basta observar que a de 10 cruzados é dedicada à cabeça de Rui Barbosa, ou seja, ao ilustre Ministro da Fazenda que inaugurou na República a hiperinflação e o endividamento externo, baseando-se no otimismo e no desastre do Encilhamento. Emitiu papel-moeda em larga escala, o que provocou especulações tremendas, possibilitando o investimento em firmas que nada mais eram senão um nome ou uma idéia no ar. Resultado: Rui Barbosa renuncia e sai de circulação ainda em 1891.
    Porém, agora, Machado de Assis é monetariamente soberano — e isso é, também, muito engraçado. Será possível levar a sério a cédula do crítico mais pertinente da sociedade burguesa do século XIX, que investigou com seu talento as profundas da vida política e da vida sentimental? Afinal, no romance *Memórias póstumas de Brás Cubas* (1881), Machado de Assis es-

---

[1] *Jornal do Brasil*, 09.08.1987, com o título "Machado a Mil".

"Marcela amou-me durante quinze meses
e onze contos de réis; nada menos."

crevia que o personagem Damasceno, amante dos teatros, "ganhava apenas o necessário para endividar-se". É o caso. O salário mínimo atual vale exatos Cz$ 1.969,92. Ou seja: Machado de Assis não tem sequer o privilégio de ter mais de uma nota com sua efígie distribuída à maioria da população brasileira. Uma notinha basta, pois ninguém ganha mais uma *nota firme*.

O desespero monetário circulante parece geral. As notas de 100 cruzeiros, 200 cruzeiros e 500 cruzeiros simplesmente desapareceram, com as respectivas moedas, numa incrível operação que transformou o *nada* em *coisa alguma*. Pois cada uma delas foi substituída por moedas de 10, 20 e 50 centavos. Em melhor estilo literário, Gregório de Matos, que não foi homenageado em papel-moeda, pôde expressar o que atualmente seria essa desintegração monetária, transformando a moeda "em terra, em cinza, em pó, em sombra, em nada".

O desaparecimento, contudo, não se resume ao dinheiro. Também atinge o homenageado. O que dizer, por exemplo, do Duque de Caxias (o falecido Cr$ 100,00), que saiu vitorioso do episódio do Humaitá, em 1867, quando ainda era Marquês, mas não escapou aos ataques do cruzado? Machado de Assis, do alto do maior valor monetário em circulação, comentava o gosto do Patrono do Exército por charutos, numa crônica dedicada à morte do livreiro Garnier, no livro *Páginas recolhidas* (1899). Poderia o Duque, atualmente, comprar charutos? Poderia comprar livros?

Os destinos da Princesa Isabel (encarnando a abolição dos escravos na antiga cédula de 200 cruzeiros) e do Marechal Deodoro (que desdouro!) são ainda mais sarcásticos do que algumas frases do Bruxo do Cosme Velho. Afinal, nem a Princesa nem o Marechal resistiram à comemoração do centenário da Lei Áurea (1888) e da Proclamação da República (1889). O quadro é preocupante, e força a pergunta: quanto tempo durará a posteridade ou a imortalidade de Machado de Assis, novo protagonista do dinheiro, ao que parece o único valor que honra, eleva e consola? O cronista nunca se dignou a escrever algumas linhas sobre a filha do Imperador, mas ousou, com delicadeza, revelar aos seus leitores, numa crônica de 1895, que o Marechal era "amigo das graças", quer dizer, gostava de fazer algumas gracinhas às mulheres, amante das galanterias e dos galardões. Usava dinheiro? Tudo são mistérios. Mas a verdade é que ninguém se comoveria, algum tempo atrás, com o aceno de 500 cruzeiros. Nota-se uma grande simpatia, contudo, por sua figura, ao contrário da visível irritação que lhe causou Floriano Peixoto. Mas esse nem se nota: são outros quinhentos.

Rui Barbosa desvalorizado, cem anos depois das perdas do Encilhamento

O famoso *barão*, quer dizer, o Barão do Rio Branco, convertido em nota de 1 cruzado, e talvez a cédula mais popular, gozava de um prestígio mil vezes maior à época de Machado de Assis. Hoje é o contrário. O romancista, contudo, na pequena troca de cartas que manteve com o Barão, mostrou-se afetuoso e bom companheiro acadêmico daquele senhor. Em carta de 1890 enviou-lhe os pêsames pela morte da mãe; e, em 1904, agradeceu os pêsames do Barão por ocasião da morte de Carolina, sua esposa. Resumiu-se tudo a essa troca de condolências que, ao preço das tarifas postais agora vigentes, não custaria menos de 6 *barões*? Não: em 1903, Machado de Assis confessou acompanhar com interesse a questão do Acre. Isso também mudou: acre questão, a do dinheiro.

Para Rui Barbosa, o romancista escreveu pelo menos uma carta em que agradecia o envio da *Réplica* (1903), "largo, numeroso e profundo trabalho", deliciando-se com a inclusão de seu nome, o que lhe conferia a fama de um dos maiores conhecedores da última flor do Lácio. Que falsificador, hoje em dia, perderia seu tempo em multiplicar as notas de 10 cruzados? Uma réplica desse tipo tem pelo menos um inconveniente: nivela suas figuras, dando a entender que a pátria é feita somente de patriotas. Villa-Lóbos, gênio musical ou artista do Estado Novo, avalia suas obras "como cartas que escrevi à posteridade sem esperar resposta". Seria uma *carta de intenções* dirigida às autoridades do Fundo Monetário Internacional? De qualquer forma, foi ele quem inaugurou a galeria de artistas monetários. Espera-se que, no futuro, Millôr Fernandes não seja aí incluído por conta dos apotegmas do vil metal. Mais adiante, que identidade poderia haver entre Oswaldo Cruz (Cz$ 50,00) e Juscelino Kubitschek (Cz$ 100,00), salvo que um acabou com a febre na capital e que o outro transferiu para Brasília a febre política? Na imaginação cívica, todos são rigorosamente iguais.

Villa-Lobos: carta à posteridade, carta de intenções?

Esquecem, desse modo, que Machado de Assis era um observador das diferenças. Que a política, para ele, era um conjunto de qualidades complexas, como prova o capítulo LVIII das *Memórias póstumas de Brás Cubas*: "Entrei na política por gosto, por família, por ambição e por um pouco de vaidade. Já vê que reuni em mim todos os motivos que levam o homem à vida pública." Mais ainda, era o cético que percebeu o quanto o dinheiro acompanhava o amor nas grandes veredas da vida: "Marcela amou-me durante quinze meses e onze contos de réis; nada menos." Ou então quando Brás (o Brasil?) seguia com os primos o enterro do tio e exclamava: "Levei-os ao cemitério, como quem leva dinheiro ao banco." Em *Quincas Borba* (1891) assiste-se às transformações de Rubião com o dinheiro, e igualmente à amizade econômica com o Palha, que "tinha o faro dos negócios e das situações". Em muitos outros momentos, enfim, Machado de Assis investigará o dinheiro como elemento que se encontra no centro de todas as relações humanas. É o que acontece, por exemplo, com o pobre (paupérrimo) Custódio, do conto "O Empréstimo", que deseja tomar emprestado um grosso dinheiro de certo tabelião. Ao final, depois de exasperantes barganhas, só lhe consegue retirar a quantia suficiente para pegar um bonde, e está felicíssimo! Metáfora primorosa do romance entre as autoridades financeiras do Brasil e os banqueiros internacionais? Machado escreve: "há pouco saíra contra o sol, num ímpeto de águia, e ora batia modestamente as asas de frango rasteiro."

Em "A Carteira", Honório acha na rua uma carteira recheada de dinheiro, mas que, lamentavelmente, pertencia a um grande amigo e freqüentador de sua casa. Devolve-lhe tudo, mesmo estando endividado. Lá dentro, no entanto, havia um bilhete amoroso do amigo à sua esposa. Já em "Jogo do Bicho" comenta as atribulações de um triste funcionário à procura da sorte animal. Nenhum conto, porém, consegue transmitir a visão de Machado de Assis sobre o dinheiro quanto "Anedota Pecuniária". Nele, o escritor desenha o tipo do milionário Falcão, que tinha amor declarado aos rolos de ouro e aos maços de títulos: "por um requinte de erotismo pecuniário, contempla-os só de memória". Fazia do dinheiro uma arte, e assim conseguiu vender uma sobrinha por dez contos. (É bem verdade que se lamentou mais tarde. Do preço.) E trocou uma outra por uma coleção de moedas do noivo. "Dinheiro, mesmo quando não é da gente, faz gosto ver." Outros contos, como "Teoria do Medalhão" e "Evolução", não fazem por menos.

Ilustrando a cédula de maior valor de um país inflacionado, Machado de Assis nunca foi tão pouco imortal. As medalhas da Academia Brasileira de Letras já se fundiram. Em breve, os usuários da cédula machadiana, os poucos que receberão mais de um salário mínimo, serão obrigados a agir como o próprio romancista: dedicando o papel-moeda ao verme que primeiro roer o próximo plano econômico.

O dinheiro sem nenhum caráter

Há cerca de seis anos, quando brasileiras e brasileiros ainda viviam sob a vigência monetária do cruzado, foi lançada a nota com a efígie de Machado de Assis — valendo 1000 cruzados. Pensava-se, assim, em prestar uma homenagem ao maior dos nossos escritores, ainda que esta se desvalorizasse todos os dias. A nota de Machado de Assis dava continuidade a uma dolorosa *via crucis* de artistas brasileiros que confirmaram o adágio "arte longa, vida breve", entre os quais Cecília Meireles e Carlos Drummond de Andrade. Naquela época nem tão remota assim, já que a inflação brasileira continua presente, o salário mínimo valia exatos Cz$ 1.969,92, de onde se obtinha a conclusão evidente de que a maioria da população do país não poderia levar para a casa ou para o supermercado nem mesmo duas daquelas notas.

Na mesma época, escrevi um artigo em que pretendi mostrar o quanto o homenageado nas cédulas nacionais passava pela experiência paradoxal de desaparecer no dia-a-dia das transações econômicas, em vez de aparentar a imortalidade. Afinal, nem a Princesa Isabel (falecida na cédula de 200 cruzeiros) conseguiu chegar ao ano de 1988, quando se comemorou o centenário da abolição da escravatura, nem o Marechal Deodoro da Fonseca (mais imponente em seus 500 cruzeiros) alcançou o ano de 1989, centenário da Proclamação da República. Seria possível pensar que as figuras patrióticas estavam sendo extintas à medida que a inflação corroía os valores: não havia imagem que perdurasse à sua sanha gulosa. Tentei esclarecer, contudo, que tomar emprestado a imagem dos artistas para estampar as cédulas não era boa idéia, já que muitos deles tinham sido ásperos críticos das loucuras financeiras do Brasil e até mesmo do valor intrínseco do dinheiro. O próprio

Machado de Assis, em suas cartas, contos e romances, pertencia a essa raça dos céticos que, mesmo diante de uma aventura amorosa, seria capaz de murmurar: "Marcela amou-me durante quinze meses e onze contos de réis; nada mais."

Não me havia ocorrido, contudo, que a maioria dos artistas era pobre, às vezes muito pobre. Nem Villa-Lobos, apesar das ajudas de mecenas e dos incentivos do Estado Novo, nem Cecília Meireles, professora, nem Carlos Drummond de Andrade, funcionário público, poeta nacional e cronista assalariado, foram aquinhoados pela fartura. Pelo menos nenhum deles se encontra agora em circulação, o que é bem melhor do que não servir sequer para pagar um cafezinho. Pensei que o bom senso ajudaria as notas brasileiras, já que a mais valiosa delas, até a próxima sexta-feira, com o valor de Cr$ 100.000,00, era ilustrada com a singela imagem de um beija-flor, talvez a lembrar de sua fragilidade e da extinção de algumas de suas raças (para não lembrar Augusto Ruschi, duplamente extinto).

Mas não. A partir de sexta-feira 29 de janeiro de 1993 entrará em vigor a nota de Cr$ 500.000,00, que trará a estampa de Mário de Andrade, o escritor de *Macunaíma, o herói sem nenhum caráter*.

Um burocrata do Banco Central já afirmou, na televisão, que a nota poderá ter até três versões, já que se cogita cortar os três zeros excessivos do dinheiro nacional e, talvez, no retorno da denominação "cruzeiro novo". Para os que conhecem a obra de Mário de Andrade, a homenagem é mais do que constrangedora. O poeta que comentava a vida das costureirinhas e dos soldados, o romancista que moldou uma síntese da contradição do ser nacional não deveria passar por essa. Mais constrangedora ainda para os que conheceram a sua situação econômica: Mário de Andrade nunca escondeu que era um homem pobre, daquela pobreza que acaba esculhambando alguns projetos de vida, como escrever e viajar, que cria dificuldades até mesmo para o ato de criação.

"Com esses cobres é que Macunaíma viveu."

No volume das cartas endereçadas a Carlos Drummond de Andrade, *A lição do amigo* (1982), o poeta mineiro se deu ao trabalho de reunir, num apêndice, várias passagens em que o autor póstumo de *Lira paulistana* (1947) comentava a sua precaríssima situação pecuniária. Ao escrever para Manuel Bandeira, confessava: "Estou sem roupas carecendo de tudo desde meias até chapéu." A pobreza o aporrinhava, e ele escrevia: "Manu, cuidado que a fita da máquina continua a mesma e suja a mão da gente. Inda não tive dinheiro pra comprar outra e foi posta na máquina quando a limparam. Imagine que atualmente estou devendo seis contos e tanto!" No meio de todo o seu caos, emergia, contudo, a figura bonachona de quem sempre queria ajudar: pois fazia oferta de empréstimo do pouco dinheiro que tinha aos amigos ainda mais necessitados. Orgulhoso, fazia questão de recusar os empréstimos que considerava generosos demais, ou mesmo as ofertas de viagem. Tinha decidido: "Receber dum ricaço pra nós dói, e por isso mesmo é que nunca aceitei os que já me quiseram levar prá Europa e recusei de pessoas tão minhas amigas afinal." Mário se considerava um sujeito que, apesar de vários convites, estava "ainda durinho, nos seus 48 anos de vida, sem um tostão guardado, sem uma glória guardada que não seja a dos seus trabalhos". O levantamento de Drummond cobre 25 anos dessa pobreza às raias da indigência, indigna de qualquer brasileiro e de um brasileiro como Mário de Andrade. Atualmente, ele também representará a nota de maior valor em circulação para, dentro em breve, sabemos todos, virar gorjeta.

Na tentativa algo eufórica de justificar a homenagem ao escritor brasileiro, um Comunicado do Banco Central sobre o lançamento da nova nota informa que "o anverso traz impressos (...) a efígie do escritor, (...) e desenho inspirado em fotografia (...) intitulada 'Sombra Minha', acompanhada do último verso do conhecido poema 'Eu Sou Trezentos...'". Ironicamente, em vez de se fazer homenagem "à variada e influente presença de Mário de Andrade em praticamente toda a vida cultural brasileira desde 1922", como assevera o texto do Comunicado, pôs-se a cédula de 500 mil cruzeiros a falar sobre o seu possível valor dali a poucos meses: "Eu sou trezentos, sou trezentos-e-cincoenta", num remate dos males da desvalorização. O muiraquitã, amuleto amazônico, não conseguiu defender o dinheiro dessa praga redutora.

Talvez por isso mesmo Macunaíma, tendo chegado a São Paulo com seus irmãos, percebeu que o dinheiro que trazia dentro de um saco, "perto de oitenta contos de réis", não valia muito. "O herói refletiu bem e falou pros manos: — Paciência. A gente se arruma com isso mesmo, quem quer cavalo sem tacha anda de a-pé..." E conclui Mário de Andrade: "Com esses cobres é que Macunaíma viveu." No famoso capítulo "Carta pras Icamiabas", Macunaíma volta a tocar nas

> **BANCO CENTRAL DO BRASIL**
>
> DIRETORIA DE ADMINISTRAÇÃO
> DEPARTAMENTO DO MEIO CIRCULANTE
> COMUNICADO N° 3158
> Lançamento em circulação da cédula de quinhentos mil cruzeiros
>
> O Banco Central do Brasil comunica que, em conformidade com decisões do Conselho Monetário Nacional de 31.7.91 e 30.9.92, a partir de 29.1.93 passará a circular a cédula de Cr$ 500.000,00 (quinhentos mil cruzeiros).
>
> I — O tema da nova cédula é dedicado ao centenário do nascimento de Mário de Andrade (1893-1945).
> II — As características gerais da nota assim se resumem:
>
> A — o anverso traz impressos, em calcografia, a efígie do escritor, e, à esquerda, desenho inspirado em fotografia batida pelo homenageado e por ele intitulada "Sombra Minha". Acompanhada do último verso do conhecido poema "Eu sou trezentos...", a composição constitui referência à variada e influente presença de Mário de Andrade em praticamente toda a vida cultural brasileira desde 1922. À direita, empregado como elemento de segurança pela coincidência perfeita com a imagem complementar impressa no reverso, vê-se a figura de um "muiraquitã", amuleto zoomorfo característico do folclore amazônico e referência vinculada ao contexto de uma de suas obras mais conhecidas ("Macunaíma");
> B — ainda no anverso, também impressos em calcografia são as inscrições indicativas do valor, o nome do órgão emissor e o nome do homenageado. À esquerda da efígie estão gravados dois losangos contendo imagem latente com a inscrição "BC", que somente pode ser lida quando se coloca a nota sob determinado ângulo visual. A numeração da cédula, as microchancelas e os nomes dos cargos correspondentes são impressos em tipografia;
> C — no reverso, um painel calcográfico apresenta cena de Mário de Andrade conversando com crianças, como referência ao trabalho do propagador de cultura, entusiasta das coisas brasileiras e batalhador pela educação infantil. Os prédios que ladeiam a cena simbolizam o crescimento vertiginoso que caracterizou a cidade de São Paulo em sua época, com destaque para o Edifício Martinelli, marco de seu tempo. Também são impressas em calcografia as legendas indicativas do valor;
> D — ainda no reverso, e como referência à obra de Mário de Andrade, contrapõe-se aos símbolos urbanos uma representação de floresta natural (ofsete). Os fundos que aparecem circundando as imagens centrais do reverso baseiam-se na representação de notações musicais, em referência a seus notáveis trabalhos de musicólogo;
> E — microimpressões de segurança aparecem nos algarismos indicativos de valor, em dois losangos estampados no anverso e em prédios menores que figuram no reverso. Constituem também elementos de proteção contra falsificações a marca d'água moldada na própria massa do papel (efígie da República), a imagem latente já referida, nuanças de cores, fibras coloridas esparsas, e fundos especiais em ofsete produzidos em computação gráfica que incluem variada estrutura de mosaico, formada por linhas multidirecionais, que colorem a cédula;
> F — o formato da cédula é 140 X 65 mm. Carmim e azul são as cores predominantes.
>
> Brasília (DF), 20 de janeiro de 1993
> Carlos Eduardo T. de Andrade
> Chefe

suas atribulações financeiras: "O tesouro que daí trouxemos, foi-nos de mister convertê-lo na moeda corrente do país; e tal conversão muito nos há dificultado o mantenimento, devido às oscilações do Câmbio e à baixa do cacau."

Sugiro aos próximos idealizadores de notas que, no lugar da imagem de um artista ou de uma figura cívica, seja colocada a de um produto da nossa sociedade de consumo. Pelo que sei, ainda é possível comprar com a nota de Cr$ 500.000,00 um excelente circulador de ar. Bastaria estampar o produto na nota para que cada um dos brasileiros, sempre tropicais, passasse os dias acalorados do porvir a lembrar que já fora possível se refrescar com aquele dinheiro. Talvez assim surgisse a indignação que parece faltar quando se depara o rosto do criador do herói sem nenhum caráter a ilustrar uma nota que parece saída de um delírio do gigante Wenceslau Pietro Pietra.

Entre a cornucópia e o leão: mitos econômicos

Duas metáforas conhecidas da vida econômica brasileira, a da cornucópia e a do leão do Imposto de Renda, que transmitem promessas e ameaças, revelam as imagens institucionais antagônicas que permeiam o cotidiano do correntista e do contribuinte.

Durante muitos anos a vida econômica no Brasil se transformou numa praça de guerra. Muitos liam os jornais para saber se ainda tinham dinheiro no banco, como se o depósito fosse uma casa eventualmente arrombada. A inflação, nos anos 80, chegou pela primeira vez aos 1000% ao ano e, em 1993, ultrapassou os 2000% — números comparáveis aos que dizimaram a República de Weimar e deram acesso ao nacional-socialismo. Muitas metáforas foram argutamente concebidas naqueles anos de instabilidade e incertezas. A caderneta de poupança exerceu um fascínio evidente sobre um enorme segmento social que, obrigado a se proteger da violenta desvalorização do dinheiro, recorria aos mecanismos de correção monetária e de investimentos para sobreviver.

A cornucópia foi a imagem mais próxima do que representou o mito da poupança no Brasil: abundante, dela brotava uma quantidade balsâmica de dinheiro que assegurava ao depositante um elixir contra o dragão inflacionário. Cada brasileiro se viu, justamente, encarnado na imagem de São Jorge a combater o monstro, as suas pesadas patas e as labaredas que lhe escapavam da horrível boca. Tudo servia para a proteção: o Banco Nacional, à época, apresentava-se como "o banco do guarda-chuva", como que salvando os seus depositantes das intempéries. Enfim, tal como pode acontecer na política, a vida econômica esteve submetida a uma intensa semântica da vio-

A poupança e a fartura

lência, a uma luta um tanto nebulosa entre o bem e o mal, profundamente vinculada à sobrevivência. A cornucópia da poupança, por sua vez, representava o mito do desenvolvimento, a noção de que só é eficaz o que cresce. Sexualmente. Economicamente. Na poupança, cria-se a percepção de que o dinheiro multiplica-se até atingir o maior grau de felicidade. O depositante acompanha o seu dinheiro reproduzir-se como um clone, em que cada moeda se transforma num equivalente, tão real quanto o dinheiro anterior. O dinheiro na incubadora.

Mas, como nos dramas bíblicos e nas lendas medievais, a poupança exige sacrifícios e provações. Por isso mesmo, o seu mito está envolto em uma sucessão de *ritos de passagem* que devem ser rigidamente seguidos para que se tenha acesso à bonança. A mágica da cornucópia não funciona se o dinheiro for retirado antes de o depositante completar dezoito anos de idade; antes do fim do primeiro trimestre; antes do prazo inicialmente fixado. A *carência*, assim como na vida afetiva, é um dos maiores obstáculos da vida econômica.

A cornucópia seduz pelo seu jorro de fonte, associado ao prazer da fartura. A poupança, portanto, é esse processo de retenção que, uma vez atingido o difícil limite, libera-se por completo e se espalha. Ou, ainda atrelado à ordem econômica, vai pouco a pouco rendendo benefícios. É nesse momento de semeação que o dinheiro pode converter-se em carro, casamento, segurança ou prazer. Recompensa-se aquele que não jogou dinheiro fora, mas dentro. E esse dinheiro que foi multiplicado, que se transformou em duas, três vezes o que fora antes, não tem sequer as marcas suspeitas da exploração do trabalho alheio, a indicação de que alguém perdeu para que outro ganhasse: o dinheiro se multiplicou como num processo de auto-reprodução, segundo leis difíceis demais para quem acaba de receber o extrato bancário ou busca um resgate dos investimentos. Não há remorsos: "crescei e multiplicai-vos".

O leão ameaçador, como nos antigos templos

A propaganda oficial brasileira institucionalizou, no entanto, um mito negativo em tudo semelhante ao dragão inflacionário: o do leão do Imposto de Renda. Não sei qual teria sido a origem de idéia tão violenta contra o contribuinte, que joga contra cada um dos declarantes a imagem de um animal selvagem que está à espreita, pronto para dar o bote, na melhor acepção da sentença "o bicho vai pegar". A mente publicitária que criou esse emblema para o simples ato de declarar a renda deve ter imaginado que a Receita Federal ficaria com "a parte do leão" — o que não é o caso. Ou deve ter criado a burocracia fazendária à imagem e agilidade do rei da selva, criando assim um mito de submissão de todos os outros animais que sobrevivem nessa floresta de símbolos. Pois é inegável, enfim, que o emblema do animal está semanticamente carregado de violência. E que, a continuar assim, jamais será transmitido o sentido de cidadania e dever que pode existir no ato da declaração de renda.

Além disso, a crer em recente levantamento, o leão foi uma imagem criada para assustar apenas o pequeno contribuinte, já que quase um PIB escapa ao fisco — algo em torno de US$ 825 bilhões. Esse é o valor da renda tributável que está fora do alcance do leão, do centauro, do unicórnio, e do que mais a mitologia fantástica queira imaginar. Deve-se brincar com essa tragédia quantificada? Deve-se escrever que o leão só caça peixes miúdos e deixa escapar, justamente, os tubarões — uma vez que são as grandes empresas e os grandes bancos os responsáveis pelo maior índice de evasão fiscal? A situação poderia estar resolvida, como se sabe, por uma revisão profunda da legislação tributária. Enquanto não houver essa vontade, ficaremos entregues não apenas aos desajustes fiscais, mas também aos gênios de *marketing* que nos deixam entre a cornucópia e o leão, com benefícios para poucos e ameaças para muitos.

Entre lobo e cão

Que importância tem o tradutor nas negociações para a paz mundial? Quando foram realizados os primeiros encontros entre americanos e russos para a discussão sobre o desarmamento, a figura do tradutor tornou-se tão comum nas fotos oficiais quanto a dos dirigentes das duas maiores potências. Mas resta perguntar: será mesmo possível traduzir tudo o que eles dizem?

O homem que aparece assinalado na próxima foto esteve sempre entre George Bush e Mikhail Gorbachev: já apareceu, na mesma posição, nas capas das revistas mais famosas do mundo. Mesmo quando o encontro acontecia entre Ronald Reagan e o secretário-geral soviético, ele estava ali, encravado entre os dois. Sem dúvida alguma, o anônimo bigodudo, que ri dos gracejos falados em inglês ou em russo, é um dos poucos que conhecem os segredos mais bem guardados do planeta, segredos que envolvem as duas maiores potências. Ele é o tradutor-intérprete dos encontros oficiais, dos reservadíssimos *summits* que passaram a ocorrer cada vez mais freqüentemente entre os dois presidentes. Entre lobo e cão ele se posiciona, ouvindo atentamente a conversa, traduzindo-a escrupulosamente para a língua rival. Ao traduzir uma pergunta, feita com a máxima sutileza, ele também traduz a resposta, com suas *nuances* políticas inesperadas. Nunca fizeram entrevista com ele. Os jornalistas, quando os presidentes retornam a seus países, jamais o procuram — nem mesmo para esclarecer o sentido obscuro de uma declaração. E, no entanto, a figura que nunca deixou de estar entre os dois *sabe tudo*, nos idiomas em que são feitas as negociações.

Afinal, este homem é *traduttore* ou *traditore*? Se tiver nascido na Rússia, pode-se assumir que ele traduzirá *melhor* para

Gorbachev? Se for americano, usará as facilidades do *basic English* para transmitir tudo o que foi originalmente dito na língua de Maiakóvski? Sem dúvida, dependerá dele captar o sentido correto das expressões idiomáticas e dos jogos de palavras. Um dos presidentes poderá dizer, por exemplo, "a situação está fogo", e o outro poderá entender que se trata de uma declaração de guerra. Traduzir é terrível — sobretudo quando se deve traduzir a ansiedade de presidentes de idéias por vezes tão divergentes e de interesses tão contrários. E, nos tempos atuais, ele deve estar tendo trabalho dobrado. Pois a tarefa da tradução deve ter sido bem mais fácil à época em que Gromiko, chanceler soviético, tornou-se conhecido como *Senhor Nyet*: bastava traduzir tudo o que ele dizia por *no, thanks* (pensando bem, bastaria um seco *no*. *Thanks* é demasiado parecido com *tanks*).

O tradutor-intérprete assinalado, que mais se assemelha a um *penetra*, um *bicão* no encontro entre os dois presidentes (e como traduzir *bicão* para o russo?), sabe muito bem que uma língua não é simples repertório no qual cada palavra corresponde exatamente à outra palavra. Ele deve cuidar dos aspectos afetivos e psicológicos que a língua dos dois homens mais poderosos possui. Nas difíceis negociações pelo desarmamento e pela paz, o tradutor-intérprete sabe que a língua é a expressão da forma sob a qual o indivíduo vê o mundo e o traz dentro de si mesmo; que tanto um presidente americano quanto um secretário-geral soviético pensam um universo que foi modelado pela língua.

Uma negociação está repleta de sutilezas e de estratégias que, muitas vezes, podem ameaçar o entendimento do que se deseja. No encontro de cúpula em Reykjavik, em outubro de 1986 — ele estava lá, tradutor do Apocalipse —, foram alcançados resultados expressivos no campo minado do desarmamento. Na mensagem final do encontro, falou-se em "visão política e compromisso para ir além de velhas doutrinas e

"Eu não sou eu nem sou o outro, / Sou qualquer coisa de intermédio"

abrir novos caminhos no controle de armas nucleares e no desarmamento". Imagine-se a dificuldade daquele homem ao perceber que a língua se modifica mais lentamente do que a experiência do mundo. Muitas vezes deve ter ficado em situação semelhante à de quem traduz a palavra *santidade* para um asteca e *pecado* para um budista. Ou seja: será possível compreender o *nirvana*?

Um dos muitos obstáculos para a tradução é o da *cultura ideológica*, em que, mais do que palavras, surgem mundos impenetráveis. Ainda hoje os brasileiros se orgulham de que a palavra *saudade* é intraduzível, ao passo que os alemães atribuem à palavra *Freund* um sentido profundo que não reconhecem no francês *ami*, o amigo de todas as horas. No seu desespero para encontrar uma solução que garanta a paz mundial, o tradutor fica não apenas entre dois homens que representam duas forças poderosas, mas entre a certeza de que a tradução nem sempre é possível e o dever de encontrar o equivalente natural mais próximo.

Uma das mais engraçadas aventuras que o húngaro e brasileiro Paulo Rónai viveu ao aprender o português foi a de, por duas vezes, traduzir do húngaro uma carta encontrada entre seus pertences por uma desconfiada autoridade policial brasileira. Da primeira vez, traduzira a carta na condição de *suspeito*, já que estava sendo investigado, sobretudo por guardar aquela carta escrita em língua desconhecida; da segunda, fora convocado como *expert* no idioma magiar, que deveria traduzir a mesma carta, o que permitiria à polícia saber se o suspeito falara a verdade. Só mesmo o autor de *A tradução vivida* (1975) deve ter conhecido a dureza da tarefa de verter o mesmo texto duas vezes para a mesma língua. Porém, num país que se dá ao luxo de possuir quatro versões brasileiras diferentes de *Liaisons dangereuses* (1782), o romance epistolar de Choderlos de Laclos, tudo é possível. Já o nosso tradutor russo-inglês (e vice-versa) deve saber que existem formas diferentes de iniciar uma guerra atômica. Deve saber que, lingüisticamente, são várias as maneiras como a palavra *perestroika* pode ser traduzida para o ceticismo de George Bush, da mesma forma como a invasão do Panamá possui algumas palavras que só um russo poderá entender. Nos momentos de maior tensão, quando for impossível traduzir diretamente cada palavra, o anônimo intérprete poderá apelar para o *hipocorismo* — aquela maneira carinhosa e simplificada com que os adultos costumam dirigir-se às crianças e aos estrangeiros que lhes ignoram a língua. Explica Paulo Rónai: "Em *pidgin* melanésio, 'um francês' é designado por *man-a-wiwi* (homem que diz *oui, oui*)."[1]

Talvez seja sensato inventar uma língua artificial, tal como o esperanto ou o volapuque, para as negociações que visem ao estabelecimento da paz — língua que poderia ter seu uso estendido aos chineses, hindus, israelitas. Afinal, o mito da Torre de Babel é também o mito de uma profunda incompreensão entre os povos que perderam a língua única.

Enquanto houver possibilidade de negociação, o homem assinalado na foto será certamente o anônimo mais famoso do mundo. Terá passeado com Reagan e Gorbachev pela praça Vermelha. Com George Bush, pelo sotaque texano. E, aparentemente, acompanhará todos os futuros líderes de ambos os países. Terá ido a todos os locais reservados. Conhecerá os argumentos mais bem construídos e as propostas mais inaceitáveis. Viverá, por fim, um paradoxo perigoso — o de traduzir uma situação na qual, se está mesmo sendo lançado o futuro da humanidade, o seu também estará. Assim, é possível que um dia, ao acordar de alguma noite mal dormida, ele precise de alguém que não traduza, mas que interprete os seus sonhos de paz, supostamente narrados em dois idiomas.

---

[1] Cf. *Babel & Antibabel* (São Paulo: Perspectiva, 1970), p. 148. Também consultei, de Paulo Rónai, *Escola de tradutores* (Rio de Janeiro: Educom, 1976, 4ª edição). Várias observações sobre tradução, presentes neste ensaio, valeram-se de passagens do clássico de Georges Mounin, *Les Problèmes théoriques de la traduction* (Paris: Seuil, 1963).

Borjalo: o caçador de sutilezas[1]

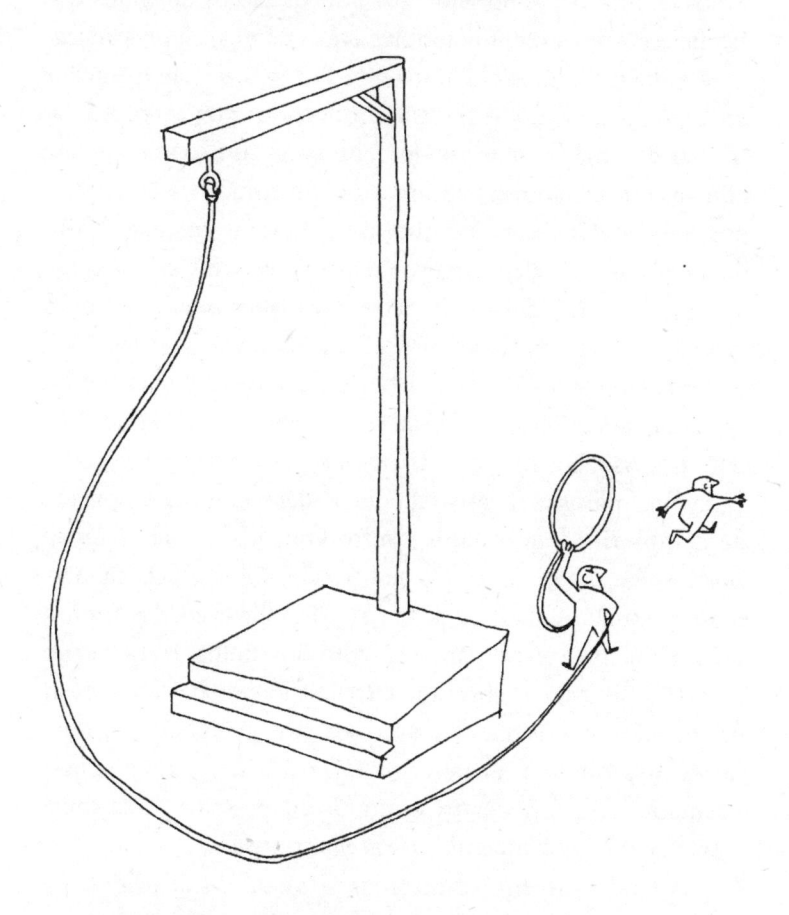

1 Os desenhos de Borjalo são formas silenciosas: diante deles, forçado pela contemplação, assiste-se à anulação das palavras. Não porque estas sejam inúteis. O problema são, justamente, os desenhos: demasiado eloqüentes. Parecem construídos com um único traço, de suprema leveza e densidade. Isso quer di-

---

[1] *Jornal do Brasil*, suplemento *Idéias*, 28.02.1987, com o título de "Caçador de Sutilezas".

zer pelo menos duas coisas: a) poucos desenhos são tão solitários quanto os de Borjalo; e b) poucos são os desenhos que estabelecem uma tensão tão forte entre a força e a delicadeza.

A solidão de seus desenhos está filiada a um certo *lirismo do acaso*, a que cada um está condenado: por exemplo, no tronco de uma árvore que desabou sobre uma casa, alguém talha a canivete a forma amorosa de um coração. Não existe a possibilidade de escapar ao mundo, e é essa irremediável condição que Borjalo denuncia sob a armadilha do traço simples. Por isso, quase todas as situações envolvem uma só e única pessoa, e nenhuma delas precisa de palavras — pois é reduzindo as possibilidades e elaborando sínteses que as facetas das situações trágicas se deixam investigar. Seus desenhos não têm, por isso, o arrojo de um Steinberg, cujo traço é, paradoxalmente, mais significativo do que a idéia. Embora despojado da complexidade gráfica de André François, é a ele a quem Borjalo mais se aproxima no plano da criação. Aquela solidão, tão depurada, transforma-se em ato de solidariedade: um homem alimenta, carinhosamente, com uma folha, certa lagarta que está sobre seu ombro; um presidiário, que costuma riscar nas paredes os dias que passa em sua cela, ganha um calendário de presente de seu carcereiro. Encontra-se justamente nesse equilíbrio de forças entre o mundo e a pessoa a pauta sobre a qual Borjalo desenha *allegro ma non troppo*.

É quando surgem, conjugadas, a força e a delicadeza. A equação entre essas duas grandezas significa mais um capítulo da solidão: por vezes, sublinha a inevitável falta de forças diante das coisas, como a do menino com seu carrinho de brinquedo ao qual falta uma roda, de frente para a pilha de pneus dos "carros de verdade"; ou ainda, o exemplo mais radical, um panorama que registra a um só tempo um caramujo que desce a encosta e um satélite que cruza os céus: denúncia de realidade e da velocidade do mundo.

Mas esse confronto não é contínuo — pelo menos, assim pensa (e desenha) Borjalo. Seus desenhos também exibem *gestos de delicadeza* com os quais se configura o humano, o demasiadamente humano de suas idéias. Desse modo, subindo por uma escada fixada a uma gigantesca árvore, alguém se dá ao trabalho de regar uma plantinha; ou surge um boxeador que tira uma das pesadas luvas para enxotar uma mosca que pousou na sua temível esquerda. Com seu traço, Borjalo descobre a íntima relação entre a beleza e a morte — e medita, como aquele cozinheiro ao contemplar, com uma faca na mão, o lindo galo.

Resta saber, entretanto, por que seus desenhos são engraçados — ou seja, por que Borjalo é humorista.

2 O desenho que o leitor vê acima, antes de chegar a estas palavras (isso porque um desenho vale por mil palavras, muito embora cada uma das letras seja um desenho. Mas essa é uma outra história), pois bem, o leitor já percebeu que o desenho é engraçado. Talvez porque, como quase todo humor, ocorre uma *incompatibilidade irônica* entre a ameaça da bomba e a ameaça da chuva. Mas é justamente a existência da ironia o cerne do problema, e, tal como definir o riso, o sorriso, o risote, a gargalhada, o motejo, a zombaria, enfim, a alegria — e até mesmo o misterioso *rictus* da Mona Lisa —, essa é uma tarefa pesarosa.

E Borjalo não precisa de explicações: sob a bomba, o grupo se abriga (em outra situação, defendendo-se dela, procuraria um abrigo nuclear). Mas — eis uma pergunta — o que estão fazendo aquelas pessoas sob a bomba? Decerto fazem uma visita à bomba — como quem conforta um doente no hospital, aos domingos. Assim, a primeira *graça* que o desenho não consegue esconder é a denúncia acerca do ato de visitar tais artefatos, que se prestam ao culto de um enraizado elogio à força e ao poderio bélico de um país. Note-se que, visíveis e bem delineados, existem alguns homens, uma mulher e uma criança — pois a visita interessa a todas as gerações e sexos. Borjalo, assim, construiu uma cena tipicamente existencialista, um espaço fechado, definido, como se possuísse quatro paredes insuportáveis. Ali, num suposto silêncio, eles esperam a chuva parar de cair, talvez condenados a uma esperança beckettiana. Eis uma segunda *graça*: defendido por uma bomba tão gigantesca, não conseguem solucionar os problemas tão elementares: não apenas a chuva, mas a individual solidão que nasce do confronto com o mundo e com o próximo. O silêncio do desenho de Borjalo, nesse caso, atinge um grau máximo de significação. Parece óbvio, por isso, que ele insista num aspecto essencial do humor, o da *moralização*. Pois não é mesmo uma lição de moral o desenho que me adverte, e também a você, leitor, sobre a importância do ser humano diante das coisas? Borjalo simboliza, assim, a lição exemplar: o ser humano não possui domínio significativo das técnicas e, é claro, de seus próprios destinos.

Uma das poucas metáforas evidentes do desenho é a que associa a chuva ao fato de caírem bombas do céu, o que justifica, de fato, o abrigo das pessoas. A outra evidência é a que provoca a ruptura dos sentidos: de um momento para outro, a bomba, objeto de ataque, torna-se um abrigo, uma defesa violenta. Um professor qualquer, desses que passam a vida inteira a escrever uma tese sobre uma idéia pouco original, poderia facilmente interpretar a chuva como elemento da fertilidade, ou seja, da vida; e a bomba, como elemento da destruição e da morte. Mas essa obviedade estrutural não chegaria à radicalização proposta por Borjalo, ou seja, a terceira *graça*, a que define o humor: *o desenho é também uma opinião*. Sob certo aspecto, esse desenho de Borjalo, sem ostentar palavras de ordem, ou sem configurar uma atitude agressiva, é de fato um apelo à paz. Isso porque — e essa é a quarta *graça* do desenho — Borjalo nos ensina que, sob a bomba, os seres humanos continuam desabrigados.

Mas é preciso não esquecer: isso é humor. Ou seja: esta bomba pode não ser uma bomba, mas um monumento à bomba. Nesse caso, a minha interpretação seria outra, bastante outra.

Humor e morte em Chas Addams[1]

Eu apanhava os livros de Chas Addams na biblioteca de meu pai e, em silêncio, acrescentava ao meu mundo outras possibilidades. Minha infância segura e sossegada era invadida com minha permissão por seus desenhos carregados de tons cinzentos e negros; eles me causaram estranheza justamente porque descobri o terror nas cenas domésticas. O meu lar não era mais o mesmo depois de folhear qualquer um daqueles álbuns de desenhos. Talvez seu humor não ameaçasse a ordem de minha família burguesa, mas não posso dizer o mesmo de uma insuportável presença misturada ao riso: a presença da morte. Chas Addams medita continuamente sobre a morte, que se torna uma afirmação e uma possibilidade diárias. Não se trata de uma morte inusitada, mas uma morte de sofisticado engenho intelectual. A fantasia existente nesse mundo paralelo me dominava: eu também me sentia capaz de engendrar planos e ardis terríveis, mantendo-os em segredo por toda a minha vida. Eu aprendia a destruir as aparências harmônicas da vida e começava a investigar uma lógica sombria que, desde então, se transferiu para o meu cotidiano. Essa descoberta oscilava entre a estabilidade e a iminência; tudo poderia ocorrer — essa era a minha única certeza. Chas Addams deslocou o terror da casa abandonada, dos lugares desertos em que se encontrava confinado e o transformou numa ocorrência normal e vulgar. Desse modo, encarado com maior naturalidade, o terror passou a ser não apenas mais envolvente e mais terrível — porém, encontrou uma dimensão quase insu-

---

[1] Versão reduzida deste ensaio foi publicada na *Gazeta Mercantil*, suplemento *Fim de Semana*, com título de "A Engenhosidade da Morte em Chas Addams", 20.6.1997.

portável: a de um terror possível. Seus desenhos muito sombreados e quase sempre pouco nítidos são o sintoma de um universo que recusa qualquer delineamento e são também o melhor artifício para produzir a possibilidade. A morte parece ser, enfim, algo de muito simples — mas para atingi-la é preciso astúcia e engenho.

Embora identificado com métodos delirantes, o humor de Chas Addams é extremamente lógico e intelectual. Não é jamais ambíguo, nem deixa uma situação suspensa para que o leitor a complete com o seu riso. Isso porque, reconheça-se, quase não se ri desse humor. Na minha infância, eu tinha fascínio pela presença cômica em momentos tão inesperados. Hoje reconheço nesse processo rigoroso um interessante mecanismo que faz com que várias ações se repitam, transformando algumas atitudes em variações em torno do mesmo tema. Em seus desenhos não há, como é comum no humor, as eternas brigas entre homens e mulheres que se casam; pelo contrário, Chas Addams radicaliza a clássica oposição humorística do homem e da mulher e apresenta situações em que uma das pessoas deseja a morte da outra — seja em pensamento, seja ao conceber complexas armadilhas. Em vez de tornar cômico o discurso da briga, é a palavra final (ou a eliminação do discurso) o seu interesse. Um homem estaciona seu *trailer* à beira de um precipício e pede gentilmente que sua mulher saia dali de dentro; um outro homem pára o *trailer* justamente sobre uma linha férrea, e o está desengatando do seu carro, enquanto lá dentro sua mulher joga paciência inocentemente; uma mulher amarra o fio ligado ao pára-raios no braço do marido que dorme na rede, enquanto os relâmpagos se aproximam; uma outra mulher, por sua vez, arma uma verdadeira bomba, astuciosamente colocada na lancheira de alguém; num outro instante, um homem que corta lenha tenta derrubar uma árvore que cairá justamente sobre uma rede na qual, dessa vez, sua mulher dorme; um ho-

mem, diante das ruínas do Coliseu, imagina a mulher que está ao seu lado perseguida pelos leões na arena; e, na saída de uma apresentação de Salomé, uma mulher imagina a cabeça de seu marido numa bandeja. Existem muitas outras cenas com precipícios, induções à morte, planos de assassinatos e formas bem menos convencionais de se eliminar alguém. Tudo a indicar que as relações entre marido e mulher são insuportáveis. Chas Addams interessa-se especialmente pelo momento extremo em que uma decisão surge ou é executada. O mundo burguês, calmo e equilibrado, é afetado por essas sombras que interrompem um piquenique ou a pose para uma fotografia de recordação. Nesses momentos bucólicos e apaziguados, a desordem explode num pensamento obsessivo ou num gesto brusco. A ordem é desmanchada, como se fosse a imagem de um rosto na superfície da água, agora agitada, quando uma nova ordem surge. Homens e mulheres tomam parte na batalha surda que só o casamento tornou possível: nada mais irônico do que a sentença "até que a morte os separe".

As crianças no mundo de Chas Addams fazem também a afirmação da morte, introduzindo-a perversamente em suas brincadeiras, transformando-a numa possibilidade cotidiana. As crianças fazem experiências que assustam os adultos — nunca o contrário. O choque destes últimos, diante da aparição de cenas inusitadas, é sempre acompanhado de alguma culpa: a existência da guilhotina, a fórmula dos venenos, a cadeira elétrica, o emparedamento, os aparelhos de tortura, a fogueira para os hereges — tudo representa invenção dos adultos. O mundo se apresentou à criança dessa maneira, e ela o descobriu. Eis uma faceta terrível dos desenhos de Chas Addams, já que a descoberta nem sempre é causada pela cumplicidade. A transferência da dor, do castigo e do mal para o ambiente da infância também torna o mundo insuportável. Desse modo, é com grande rapidez que a criança se eleva a uma categoria mental de alguma sofisticação. Como afirmado, é uma divisa geral da obra desse humorista a de que a morte só é atingida com engenhosidade. O processo de matar alguém é extremamente intelectual, ainda que pautado em experiências anteriores e, por vezes, em monótonas variações — como são os casos dos precipícios e dos venenos. Não se trata de um mundo repleto de brigas, mas de um mundo com soluções terminais. Confinadas em um ambiente doméstico, porém, essas soluções representam escândalos bem-comportados. As donas-de-casa, como se estivessem no trivial cumprimento de seus deveres, cometem crimes; os casais agem como assassinos que se escondem por trás de máscaras de placidez. Essa espécie de terror caseiro dimensiona o espaço do lar com as conotações inusitadas da desarmonia, e revela um aspecto vertiginoso da vida conjugal. Ao mesmo tempo, tem-se a impressão de que Chas Addams posicionou o Mal em seu devido lugar.

Está claro que um dos procedimentos mais comuns desse humorista é o da desproporção — o que nunca deixou de ser uma das características gerais do humor. Em seus desenhos, é comum que a desproporção tome formas monstruosas. Se o piquenique de um casal pacífico é interrompido pela chegada de um enxame de formigas gigantescas — enquanto a mulher, sem vê-las, diz ao marido que a presença de formigas no campo é natural; se o vizinho de um outro casal pacífico corre em sua direção, alarmado pelos dinossauros que se aproximam das duas casas — enquanto a mulher comenta que aquele homem tentará pedir algum objeto emprestado —, Chas Addams deixa entrever nos gestos prosaicos o absurdamente gigantesco, o formidável mundo.[2] Embora inoportuno, o gigantismo não é metáfora de uma situação particular, nem pretende simbolizar formas pouco convencionais. Trata-se apenas de colocar cada ser diante de experiências banais e monstruosas (e assim existem pombais, ratoeiras, machados de lenhadores, bolas de golfe e sutiãs absolutamente descomunais). Em muitos casos, é preferível que o animal ou a pessoa não apareça com tamanha dimensão, mas sim o objeto relacionado a um deles. Trata-se tão-somente de causar estranheza, evidenciando "coisas" totalmente inúteis se não houvesse "algo" ou "alguém" que lhes desse utilidade. Pois quase todos os seus gigantes são apenas entrevistos — o que é bem mais engraçado. É com essa medida do absurdo físico que um modelo feminino posa para um escultor que, martelando no mármore as formas de um corpo em seu tamanho natural, precisa subir num andaime, enquanto as gigantescas peças femininas se amontoam num canto do estúdio; ou então, num momento de irresistível comicidade, os olhos desmesurados de uma mulher que procura, através da janela de um arranha-céu onde existe uma loja de roupas para mulheres altas, algum modelo de roupa que lhe sirva. Chas Addams, justamente porque recusa qualquer sentido mítico dessas grandezas, se apraz em fazer um humor fundado no grotesco, nas aberrações — porém, sem enveredar pelo sarcástico comentário aos defeitos físicos, especialidade, por exemplo, de Graham Wilson. É capaz até mesmo de revelar esquematismos ao conceber um modelo feminino que, dessa vez, é bastante útil a um miniaturista... Nesse sentido, não pode ser considerado um "humorista negro", como Jaguar, Reiser, Siné

---

[2] Ao escrever "formidável", atenho-me ao sentido primeiro da palavra, o de "medonhamente grande", "descomunal", "colossal", conforme registra o nosso dicionário mais popular, em que se evidencia a noção grotesca do gigantismo.

ou Gross, porque a existência de tais anormalidades é tolerável. Não se percebem cegos, paralíticos, surdos ou mudos, nenhum estertor. Chas Addams é por demais alegórico — nada cínico. Não é um crítico.

Assim, quando uma senhora tricota num vagão de trem um pulôver com duas aberturas para as cabeças de um corpo, pode-se rir dessa "distração" ou da possível existência de uma pessoa com um par bem pensante; da mesma forma, quando é servido a uma família um porco de duas cabeças (e, claro, duas maçãs entre as fileiras de dentes), não existe perplexidade ou riso cruel: no caso, o possível sequer existe, tratando-se de um distanciamento que Chas Addams, tão mais perverso em outros momentos, sabe operar como ninguém. Pois muitas vezes ele transforma o inusitado em prática real. As pessoas que observam a velha senhora que tricota mantêm um inegável ar de espanto, em vez de simples curiosidade. É assim, estrategicamente, que Chas Addams informa o essencial. Não se trata de esquecimento: há realmente alguém no mundo com duas cabeças. A imobilidade dos personagens e suas expressões afetadas pela perplexidade produzem uma nova situação, sempre iminente: tudo poderá ocorrer, mas sempre de modo inusitado. O cuidado, no entanto, de não revelar alguém morto — não existe um só morto em seus desenhos — e em não maltratar as aberrações provoca por vezes uma óbvia ingenuidade. Os poucos que planejam suicidar-se não conseguem levar a termo o gesto final, ou então buscam soluções intelectuais, como a do homem cuja corda esteve amarrada ao ponteiro maior de um relógio da torre. Atenuando a morte, mas salientando tudo o que esteja relacionado a ela, Chas Addams inventa uma situação ideal para a cumplicidade de quem folheia seus desenhos, à maneira de um "manual de instruções" cujo resultado é a própria leitura.

Minha infância não escapou dessa fantasia de pensar o muito grande e o muito pequeno. Desde então, as possibilidades monstruosas e o sentido das deformações inscreveram-se na minha representação do mundo. Aceitar a disformidade e a deformação não é muito fácil para as crianças, principalmente em se tratando daquelas que freqüentaram imaculados maternais e pré-primários com tias e coelhinhos sorridentes. Aprendi que ambos os universos existiam, mas o de Chas Addams era, entre outros, mais estimulante. Quando me recordo do que se passou naqueles tempos, estou sempre me referindo a um álbum de desenhos da biblioteca de meu pai ou a músicas infantis também carregadas de armadilhas. Era, também, uma forma silenciosa e profunda de abalar a ordem familiar.

Chas Addams alerta que o mistério e o terror estão inseridos na vida cotidiana. O humorista desenha uma platéia de comportados espectadores de um planetário; um deles se transforma em lobisomem quando se projetam as fases da lua. Depois, acabado o espetáculo, todos se despedem cordialmente, como se nada tivesse ocorrido. Existir a possibilidade do *como se* era e é delicioso. Não podia mais recuar diante do efeito de tantas descobertas e invenções.

Certamente devo ter herdado a idéia de que as testemunhas do fantástico são poucas e solitárias. Esta é a conclusão a que chego atualmente, ao rever os desenhos de Chas Addams. O inusitado ocorre apenas para uma pessoa (o que alude às mitologias do eleito, do individualista e do gênio). Em alguns de seus desenhos, um grupo de pessoas participa de momentos corriqueiros, mas uma pessoa percebe algo que escapa à banalidade desses mesmos momentos. Não seria esta a melhor, persistente e romântica definição (às vezes tão válida) do instante poético? Parece-me cada vez mais evidente que o terror — e, por extensão, a vida — só é percebido na solidão; e o efeito dessa solidão é único, como sentido pela mulher que, em visita a uma catedral, presenciou sozinha o vôo de uma das górgonas de pedra. É quase insuportável a metáfora que

Chas Addams concebe quando convida suas testemunhas solitárias — entre as quais se encontra o seu leitor — para a experiência do silêncio e da conivência.

Não sei bem se é exagero ver num dos melhores desenhos de Chas Addams o tema de uma produção de minha *juvenilia*, o conto "Os Espelhos Belgas". Se assim for — mas o que ou quem poderá confirmar? —, trata-se de uma inspiração que

só se realizou quase uma década depois. O desenho é um dos mais fantásticos, por tratar do tema do infinito: no salão de uma barbearia, um dos espelhos, como é comum, reflete a imagem do barbeiro e de seu cliente, indefinidamente. No entanto, uma das imagens do cliente é, enfim, a de um monstro — enquanto todas as demais permaneceram idênticas. É uma idéia terrível, sem dúvida, que envolve uma imagem oculta e realidades das quais não se pode fugir — pois, se está refletida, não é apenas aparência. O desconcertante surgimento dessa possibilidade talvez tenha permitido o tom trágico de meu conto, em que as pessoas se vêem cada vez mais velhas nas sucessivas imagens, até o instante em que desaparecem, pois a partir de então o espelho refletia a morte. O sentido da aparição é muito peculiar nos desenhos de Chas Addams, e sempre me causou algum desconforto (do qual também achava graça).

    Seu humor, que explora formas inusitadas, embora muitas vezes ingênuas, é capaz desses e de outros momentos terrivelmente lúcidos. Um vendedor de bonecos de vodu, postado à entrada dos portões de algum estádio, faz sucesso ao explorar o ódio do outro. Dois homens, que vinham de lados opostos de um enorme deserto, arrastando-se quase sem forças, desviam-se um do outro assim que se encontram. Nenhuma palavra é trocada, nenhum gesto é percebido: a solidão é o único caminho. O humor que Chas Addams provoca, assim como certas sombras entrevistas em seus desenhos, é também inusitado. É quase, para se usar uma fórmula redundante, um humor pouco piedoso consigo mesmo — a exemplo daquela inexplicável Mona Lisa sentada no meio de uma platéia que ri escancaradamente. Não poderia ser de outro modo, afinal o seu é um humor que modelou a ambigüidade numa forma precisa, embora falsa, autenticamente falsa.

Quino: o tempo e o cômico

O desenho acima, de Quino, faz humor sobre — relembre-se o lugar-comum — uma *terrível coincidência*. Fixar os olhos sobre esse homem e essa caveira, unidos por infelizes defeitos em meio a um lugar solitário, é descobrir alguns atributos essenciais do humor; é descobrir também uma atitude totalizante que, dessa vez, une diversos pontos em torno de questões humanas, demasiado humanas. Pois trata-se de uma proposta cuja intenção é criticar aspectos reais pela criação de episódios absolutamente inverossímeis: a construção do riso transcende a possibilidade e aponta novos procedimentos — apenas para revelar cada vez mais o que existe de patético nesses aspectos reais.

A situação cômica, nesse desenho, pertence a uma infindável ocorrência de *cenas paralelas*: trata-se do artifício da comparação. Do mesmo modo, por limitar-se a traços similares, está limitada a um processo mecanicista do tipo "antes e depois", em que o riso surge como um mero acidente no percurso do passado ao presente ou do presente ao futuro. Tudo isso, é claro, ocorre com o desenho de Quino. Mas o acompanha também um recurso imperioso: há detalhes extremamente importantes que fazem com que a símile entre um homem vivo e um homem morto ultrapasse a situação prosaica em que ambos estão inseridos. É justamente tal sintoma excessivo, provocado pelo humor, que define o interesse pelo desenho.

A situação cômica é causada por uma situação trágica. Ao lado de um esqueleto que se encontra *à espera* de algum outro carro que socorra o seu calhambeque defeituoso, certo homem se vê diante do futuro que o espera. Nesse instante, por uma série de deduções lógicas, instaura-se o patético: o esqueleto, que atualmente não precisa de socorro algum, tem ao seu lado um homem cujo carro também está defeituoso. Descartada a absurda idéia de uma caveira se manter nessa posição pouco ortodoxa para os que morrem e, mesmo, a *terrível coincidência* já citada (e que são índices evidentes do humor), seria preciso ainda mencionar outros índices, talvez mais sutis, que acusam uma lógica humorística. De fato, 1) o homem *parece* só olhar o esqueleto quando se encontra em posição semelhante à dele, e 2) o calhambeque (também) defeituoso está na contramão e, ao que *parece*, sem outra razão senão a de fazer possível o aparecimento de um novo carro que viesse transitando pela faixa regulamentar. Conclui-se que essas inverossimilhanças tornam a realidade mais verossímil.

Existem, pois, duas ordens diferentes de condições para a possibilidade humorística do desenho: uma, *absurda*, cujo exagero é aceito de imediato por denunciar a própria condição de exagero — como no caso do esqueleto em pé; outra, *discursiva*, só existe na medida em que torna possível um desenho de humor — como no caso da posição do carro, estratégica para a leitura.

Apenas por isso o leitor sabe o que acontecerá com o homem:[1] ele também será, mais cedo ou mais tarde, um esqueleto. A função discursiva encontra sua finalidade e se justifica: o carro velho está ali, daquele lado, esperando algum outro carro — para criar o humor. Igualmente, o homem *parece* só ver o esqueleto quando se encontra na mesma situação — ou seja, quando se torna consciente de sua morte. Revela assim uma estratégia para produzir o riso. Esse desenho propõe, como é habitual nas questões humanas, um *continuum* bastante definido, que é enfim a existência de um terceiro carro que certamente chegará daqui a alguns anos. O leitor faz companhia aos dois personagens — e é, de um modo involuntário, a terceira presença e a terceira morte. Possui um riso reflexivo e constrangido — um riso radical. Surge desse desenho de Quino uma pluralidade inusitada de fatos; para além da cáustica comparação com o tempo, ocorre uma sátira à atitude contemplativa; ao mesmo tempo, trata-se de uma amarga resposta a um caso particular de solidão — aquele do homem que não conhece as máquinas do mundo, e é vitimado tanto por sua tecnologia quanto por sua ignorância. Os carros levaram os dois para tão longe, com suas respectivas e magníficas potências, que agora eles estão longe até mesmo do conserto. O contraste com o tempo, aguçado cada vez mais, lança por terra a conhecida idealização da "marcha do progresso": as máquinas, sejam velhas ou não, haja ou não mais aperfeiçoamentos, estão sujeitas ao defeito e à desordem. Eis aqui o fundamento desse desenho — uma crítica violenta à esperança. Com suas ferramentas espalhadas pelo chão, inúteis, obsoletas, eles tentam e esperam *ver*, surpreendidos pelo olho de um leitor que tem a sua visão

---

[1] O homem é o único *sujeito* com o qual poderá ocorrer algo. O esqueleto não é sujeito, mas imagem especular que amplia a dimensão do tempo.

projetada em direção ao mesmo horizonte. Ao contrário da estrada final de Chaplin, que caminhava sem ansiedade por seu destino otimista, o desenho de Quino prova que o tempo não consertou a esperança.

Reiser: queda e silêncio da condenação

Este desenho de Reiser foi publicado numa antologia de humor negro.[1] Logo, é um desenho entre vários outros textos e desenhos de humor que abordam o grotesco ou os defeitos físicos ou as misérias da velhice ou o Mal ou a morte. Está claro que o seu desenho segue os postulados clássicos do seu gênero: há quatro pessoas trajando roupas pretas, à maneira de

---

[1] *Le Livre blanc de l'humour noir*. Paris: Pensée Moderne, 1966, p. 89.

carrascos ou executantes de uma pena máxima. E há um homem identificado na sua solidão com as roupas listradas e a longa corda de uma forca presa ao seu pescoço. Há um detalhe particular que abre a dimensão do *horror*: o corpo morto ficará pendido sobre a queda d'água.

Não é disso, porém, que se ri. Existe uma segunda intenção no espaço desta paisagem suave, desenhada com traços simples e nítidos, que retém a atenção. Tudo está centrado no barco que, levado pela correnteza, produzirá uma catástrofe.

Tudo está centrado na iminência. Há uma série de perguntas surgidas após o riso: mas sabe-se desde já que seria obsoleto perguntar pela natureza do crime daquele homem, que passa imediatamente a ser um condenado cuja punição desconhecemos de onde partiu e cuja morte é evidente; sabe-se também que as quatro pessoas podem ser denominadas de carrascos, e formam em grupo um poder constituído não apenas pela superioridade numérica, mas pela solidariedade que existe no gesto de executar aquele outro homem. Sendo assim, o ato de matar um outro homem não repousa sobre qualquer absurdo — é, para muitos (e as quatro pessoas simbolizam bem a idéia), um fim natural para os que cometeram crimes graves. Aqueles quatro carrascos, anulados pela uniformidade e pelo engajamento comum na ação, não possuem identidade definida — mas, ainda assim, decidem a morte.

Se os quatro não estivessem presentes no desenho, a condenação à morte não existiria, e restaria tão-somente a cena de um suicídio. Se, presentes, tivessem ficado em terra, à margem, à espera da confirmação da morte do outro homem, a execução seria particularmente sofisticada, porém bem mais real e menos engraçada.

A sugestão de Bergson, ao explicar que a quebra involuntária dos movimentos produz o riso, poderia ser lembrada diante da iminência da queda do bote. Contudo, apenas essa quebra-queda não é suficientemente cômica.

Todos os cinco homens morrerão — eis o que é profundamente engraçado. Alguém imaginou essa forma engenhosa de matar um homem, e fez erigir um poste à margem da queda d'água; o comprimento da corda atrelada ao pescoço do condenado exigiu que o barco não ficasse muito distante da mesma queda, causando dificuldade de embarque e velocidade à execução. Entretanto, sem testemunhas que confirmem a punição, haverá punição?

Conclui-se logo que esse é um modo *errado* de punir alguém — pois a morte será distribuída a todos, numa expansão terrível do castigo. Os quatro carrascos, com suas cartolas sinistras, são dedicados e conscientes do seu trabalho — e por isso remam, levando-o a termo. Mas — para além da evidência de suas mortes — trata-se de uma forma absurda e inútil de remar, pois a própria correnteza se incumbiria de dirigir o bote ao seu destino final. Reside justamente nesse detalhe o segredo da comicidade: que riso haveria se essas mesmas quatro pessoas permanecessem dentro do barco, sem possuir remos, a fitar o condenado? Para existir riso, é preciso que eles também *façam algo*; é preciso que eles *façam por onde* demonstrar que estão realmente castigando alguém.

Pois esse desenho simboliza a aplicação da Lei.

Há no instante do desenho uma ordem rigorosa e uma logicidade implícita na paisagem e nas atitudes. Embora absurdo, o desenho declara termos coerentes: há uma razão para que tudo chegue ao ponto a que chegou. Durante o pequeno trecho sobre o qual o barco deslizou, ocorreu a descoberta de algo assustador, envolvendo a execução do condenado e o suicídio dos executantes: o castigo é um só, e a condenação tornou-se brutal.

Ninguém ri do local em que se ergueu o poste, do embarque das pessoas ou de todas as fases de construção da cena. Ri-se sobretudo porque tal forma de matar é patética e os quatro carrascos morrerão.

Ri-se a um só tempo do que acontece *durante* e do que acontecerá *depois*. Mas o riso seria bem mais trágico se fosse possível descobrir comicidade no *antes*. Sim, porque uma decisão foi tomada *antes* de se assistir a esta cena — e a decisão também poderá ter sido cômica.

Os olhos de quem vê este desenho são tomados de assalto pelo erro cometido pelos quatro carrascos. A atenção revela outros erros, dessa vez sérios, que induzem o pensamento à certeza de uma tensão estabelecida entre a vida e a ordem. Após a queda, quatro corpos afogados estarão abandonados à água que continuará a cair; e um corpo penderá sobre a mesma queda, por cima de tudo, evidenciando o cumprimento da Lei.

Porém: quem testemunha o fracasso ou o sucesso da morte, senão aquele que ri?

Notas de falecimento[1]

O obituário representa um rito de comunicação em seguida à morte de alguém, famoso ou não, com o qual se quebra o silêncio e o luto. Nos jornais britânicos, essas crônicas funerárias quase criaram um gênero — no qual a vida do recém-falecido é tratada com humor, senso crítico e interesse por qualidades de caráter que nem mesmo a morte conseguiu atenuar.

O obituário é uma das melhores tradições da imprensa britânica e, assim como a morte, não faz distinção de sexo, raça ou credo religioso. A crônica sobre os mortos ganha diariamente uma página importante nos jornais do Reino Unido, na qual não se encontra qualquer sinal de morbidez: a vida, não importa como tenha sido, é sempre tratada com grandeza, ainda que haja ironia e algum desencanto. Cada comentário sobre a passagem obscura de uma biografia é cuidadosamente vestido com um eufemismo. Os erros e os equívocos do recém-falecido são atenuados até quase desaparecerem. E, cada um à sua maneira, brindam-se os mortos por terem afinal superado a exigente tarefa de viver.

Ultimamente, os escritores de obituário, velados por um anonimato que talvez só termine com a morte, demonstram apuro e habilidade na técnica de comentar a vida e a morte alheias. Os leitores, por sua vez, fazem contato tanto com personagens muito conhecidos quanto com os anônimos, quase sempre excêntricos, que também compuseram uma biografia. Poucos dias depois de sua morte, em 17 de janeiro de 1995, os

---

[1] *Gazeta Mercantil*, suplemento *Fim de Semana*, com título de "A Estranha Arte de Avaliar a Morte", 18.4.1997. Ao presente texto incorporei outros exemplos de obituários.

jornais britânicos estampavam os obituários de Cécile de Rothschild, *"colecionadora e amiga de Greta Garbo"*. Não faltaram, também, os de George Jeffery, *"vendedor de livros de rua"*, todos com o mesmo tamanho. A vida da milionária francesa é interpretada como um suplemento da vida de Greta Garbo, muito embora não se deixe de mencionar o talento que Rothschild tinha para escolher bons quadros e o dinheiro para comprá-los. *"Um dia"*, conta o obituarista, *"seu pai retornou de Londres e anunciou aos quatro filhos que tinha trazido algo que começava com a letra 'C' e que se algum deles adivinhasse do que se tratava poderia ganhá-lo. Enquanto idéias como 'cavalo' mostravam-se erradas, Cécile, então com treze anos, sugeriu 'Cézanne' e adquiriu 'Les Baigneuses', o primeiro quadro de uma numerosa coleção."* Fiel à caracterização de Cécile de Rothschild como *"amiga de Greta Garbo"*, e aludindo delicadamente ao escandaloso *affaire* entre as duas mulheres, o cronista dedica algumas linhas à atriz sueco-americana, em tom irônico e moralista: *"Garbo se sentia à vontade no rico mundo dos Rothschild, sabendo que nele encontraria conforto e segurança, sem falar nos carros com motoristas e na excelente cozinha."* Porém, como num rascunho de rápida psicologia, as últimas linhas sobre Cécile são dramáticas: *"Ela nunca foi uma mulher feliz, sofrendo de uma característica hesitação em sua personalidade. Compreensivamente, ficou magoada quando Garbo morreu sem lhe deixar sequer um brinco. Ainda assim, continuou a proteger sua memória. Ela nunca se casou."*

George Jeffery, o livreiro, também pertencia a uma famosa estirpe, segundo o seu necrologista: *"Sua morte põe fim a uma tradição secular de venda de livros em barracas na área em torno à Catedral de São Paulo e Fleet Street. Jeffery era a terceira geração em sua família a possuir barracas de livros na rua. Provavelmente trabalhava mais do que seus companheiros de ofício, levantando cedo e montando as barracas seis vezes por semana. Sua compleição era rude e forte, sua capacidade de carregar*

Cécile de Rothschild: elegante nas entrelinhas

grandes quantidades de livros pesados freqüentemente surpreendia sua clientela." Mais adiante, a análise do seu temperamento faz supor que o livreiro era um indivíduo mal-humorado e genioso. Mas o cronista tenta salvá-lo ao relatar que também havia bondade em seu coração, sobretudo quando Jeffery finalmente encontrava um livro que havia sido pedido há muito tempo, para surpresa de seu cliente. O que não o impede de escrever: *"Sua cólera foi reservada para o ocasional ladrão de livros e para os que tentavam barganhar os preços já muito baixos de sua mercadoria."*

O obituário é, obviamente, tão eclético e variado quanto a vida neles comentada. Estampado nas páginas dos jornais, acompanhado de foto, não possui a gravidade e o tom solene dos melhores sermões de Bossuet, o primeiro grande necrologista, dos quais se podem extrair lições de moral. O obituário jornalístico não prega o arrependimento: caracteriza-se pela possibilidade de afirmar, de modo contundente, expressões da verdade que, durante a vida de alguém, a educação não permitia divulgar. É o caso, entre outros, dessa apreciação sobre o crítico shakespeariano A. L. Rowse, que faleceu em 3 de outubro de 1997, aos 93 anos: *"Como e por que um homem tão gentil e tão generoso pôde regularmente lutar para aparecer como o exato oposto não representou a menos surpreendente de suas qualidades. Apesar do que tenha sido e do que tenha feito, ele nunca foi lerdo ou insípido. Ele pode ter sido, entretanto, ridículo."*

É lícito afirmar que os obituários com maiores qualidades analíticas são, justamente, os dedicados aos eruditos, mestres e *scholars* da comunidade acadêmica. Isso porque o necrologista, quase sempre um razoável conhecedor da obra do recém-falecido, tem a capacidade de relatar a *aventura interior*. Dessa maneira, uma vida sem qualquer acontecimento marcante, na aparência, converte-se muitas vezes numa trajetória tão repleta de dramaticidade e acidentes quanto a de um colonizador. Assim é que um obscuro professor A. H. Armstrong, por haver traduzido e reavaliado a obra de Plotino, teria provocado *"uma revolução silenciosa, igualando o filósofo à dimensão de Platão e Aristóteles"*. Já N. C. Sainsbury, bibliotecário especializado em estudos orientais, ficou famoso por sua devoção aos manuscritos que conservava e ao perfeito fichamento de textos em línguas como o turco. Seu generoso cronista salienta: *"A habilidade que tinha em resolver palavras cruzadas era famosa."* O humor e a observação espirituosa garantem presença em comentários sobre vidas que poderiam parecer aridíssimas. O exemplo de um morto ilustre como Isaiah Berlin é notável:

"*Reconstruindo teorias sociais do passado, ele as relacionava ao temperamento dos pensadores e às minúcias de sua herança familiar e educação. (...) Seus amigos mais velhos costumavam reclamar que seu imenso escopo de conhecimento era inexplicável, já que ele sempre pareceu estar ou falando ou escutando música, e quando jovem raramente era visto apenas a ler.*"

O ecletismo funerário, contudo, chegou ao máximo com a contribuição brasileira de Flávio "Negão" Pires da Conceição, cujo obituário foi publicado no The Guardian em 23 de janeiro de 1995, apenas dois dias depois de sua morte. O traficante carioca mereceu um elogio fúnebre intitulado "*Short, Violent Life of Coke and Cola*", no melhor estilo "jovem e rebelde". Flávio Negão é quase aproximado a um filósofo da violência e da pobreza, que pouco se preocupava com a morte, "*desde que me matem rapidamente*". Segundo o texto, *Negão* não assaltava ônibus, já que neles eram transportados trabalhadores, dando preferência aos bancos. Noll Scott, que escreveu seu necrológio, tem cuidados de biógrafo ao descrever as origens do seu personagem: "*Filho de uma fervorosa Testemunha de Jeová, Flávio não era incapaz de distinguir entre o certo e o errado. Ele apenas mostrava uma sublime indiferença a essa distinção, exteriorizando um código de valores que salientava a bravura física sobre todo o resto.*" Uma versão integral de sua curta vida em Vigário Geral foi escrupulosamente escrita, compreendendo a época em que trabalhava com o pai numa tendinha até o auge de sua carreira de traficante de drogas e de assaltante de bancos. Ao contrário de Pablo Escobar, lembra o cronista, Negão nunca foi milionário — e tinha consciência de que o dinheiro de sua atividade encontrava-se fora da favela, entre as camadas mais ricas da população. Também nunca foi negro, lembra, já que era esquelético e branco. Numa típica nota romântica do texto, Noll Scott descreve os últimos momentos de Flávio Negão: "*No tiroteio, a vida de Flávio terminou com várias balas no corpo, e uma (dele mesmo, talvez?) na cabeça.*"

Short, violent life of coke and cola

Flavio Negao

FOR FLAVIO Negao, who fell in a hail of police bullets in a Rio de Janeiro shanty town at the age of 25 in the early hours of Saturday morning, neither the timing nor the manner of his death came as a surprise. "As long as they kill me quickly, that's the main thing," he said recently. "You have to die sometime, so you might as well get it over and done with."

Born of a mother who is a fervent Jehovah's Witness, it was not that Flavio was unable to distinguish between right and wrong. It was simply that he displayed a sublime indifference to the distinction, exuding a code of values that emphasised physical bravery above all else. "I'm not afraid of dying," he said. "I am afraid of cowardice."

A leading drug trafficker closely allied to the shadowy Red Command (Comando Vermelho), Flavio he was born, bred and died in Vigario Geral, an impoverished little corner of Rio's northern suburbs and home to 30,000 people. His nickname, "Negao" — his real second name was Pires da Conceicao — suggests a huge and powerful black frame. In reality, he was barely 5ft 6in, skinny and white.

His childhood in Vigario Geral was, he says, generally a happy one. The youngest of a family of five children, at the age of 11 he started selling vegetables around the *favela*, before getting a job in the city as an office boy for his uncle. At 16, he began work in a printing plant, making books, where he stayed for two years until he was dismissed. He then joined his father who had opened up a snack bar, until the enterprise collapsed after nine months and he was back on the street.

His career as a bandit started in 1988. With one brother already in jail, he swiftly graduated from robbing cars to holding up bread-shops, chemists, and filling stations, and finally banks. "I never held up a bus, he was proud to recall. "Buses are used by workers. But after that it was all banks, banks, banks. And I started to get a reputation."

By 1992 Flavio had built up a cocaine distribution network outside the *favela* that was beginning to threaten the control of the then local druglord, Macacinho (Little Monkey). He was also running into trouble with his associates inside the police, who one day, demanding a larger than usual payoff, shot him in the lung.

For five months, as he recovered, Flavio lived outside Vigario Geral on the Rio outskirts, hiding both from his rivals and the police. At 2am one morning in February 1993, at the height of the Rio Carnival, at the head of a gang of 23 local fighters, he re-entered Vigario Geral and liquidated seven of his opponents (other versions say up to 50 people died that night). Little Monkey was among those who escaped.

As undisputed ruler of the tough *favela*, sandwiched between a railway line and the enemy territory of neighbouring Parada de Lucas, he personally carried out executions of those who attempted to betray his whereabouts to the police.

Like the Colombian cocaine trafficker Pablo Escobar, Flavio did not drink alcohol, smoke marijuana or sniff the cocaine in which he traded. "His poison is Coca-Cola. If he has a glass of beer, he falls over," according to his brother, Djalma.

Unlike Pablo Escobar, however, Flavio Negao was never super-rich. He recently estimated his net income at $5,000 per week, divided between himself and his top two henchmen, out of which he had also to meet the costs of weapons and ammunition smuggled in on the black market. Indeed, he was all too aware that he was being used by people with greater power, far away from the *favelas* of Rio — "businessmen, politicians, all kinds of people with white collars," as he put it.

In September 1993 four Rio policemen were killed attempting to intercept an 83-kilo consignment of cocaine destined for Flavio and his gang. He was to claim later that they were killed by fellow police in an internecine struggle for control of the drugs.

Two days later, in a revenge attack, a death squad entered the *favela* to butcher 13 people. The victims included eight lay evangelists. What became known as the Massacre of Vigario Geral remains a key milestone in Rio's decline into lawlessness that culminated last November in the entry of the federal army to take charge of security operations across the city.

On Saturday morning, apparently tipped off by an informer, the Rio military police, acting on army orders, entered Vigario Geral and made straight for his hideout. In the resulting shoot-out Flavio's life ended with several shots to the body, and one (his own perhaps?) to the head.

He leaves behind four children under the age of three, by four different mothers, and the wish that they choose a different path in life. "I want them to study," he said before he died.

Noll Scott

Flavio "Negao" Pires da Conceicao, born November 1969; died January 21, 1995

Em 2 de junho de 1997, outro personagem brasileiro mereceu uma crônica funerária: Frei Damião, católico místico que morreu com 98 anos, tachado de *"Brother of Miracles Among The Poor of Brazil"*, foi retratado com todas as ambigüidades a que fez jus. Para a Igreja, havia um tácito horror por sua atuação como milagreiro; por sua vez, alguns setores progressistas da mesma Igreja detestavam a visão reacionária e anacrônica de seus sermões. Sua participação em campanhas políticas, ao lado de políticos conservadores, também foi mencionada.

É inevitável concluir que os obituários não utilizam eufemismos apenas para falar da morte: também a sexualidade tem o seu código. Assim é que a sentença *"nunca se casou"*, como no caso de Rothschild, é indicativo de homossexualidade. Americanos mortos são geralmente artistas ou personalidades da mídia. Africanos foram ditadores ou comportaram-se de forma bárbara quando detiveram o poder. E, como se viu em relação ao Brasil, há uma intensa curiosidade no que diz respeito aos excluídos sociais e às figuras religiosas e carismáticas dos países pobres.

O obituário, enfim, representa um rito de comunicação, uma forma de superação do luto e de rompimento do silêncio que se faz tão logo a pessoa morre. Numa sociedade em que os jornais dão espaço aos aspectos grotescos e sombrios da natureza humana, como os dos desvios sexuais e da psicopatologia, não é exagerado supor que o obituário representa a vida transformada na "arte de ter sido", ou na morte que aguarda um julgamento.

Este livro foi composto na tipologia Minion
em corpo 11/14,5 e impresso em papel pólen
bold 90g/m² na Ediouro, Rio de Janeiro.